KB145505

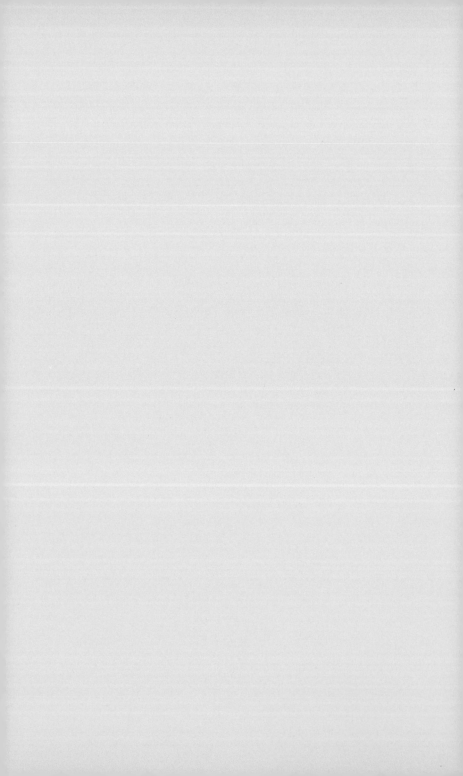

발전하는 사회

사방천 제4시집

시음사
시사랑음악사랑

시인의 말

대화로 화합하자

우리는 지금 대화가 적은 사회다
많은 대화가 현 사회에 필요한 시기다
가정이나 사회의 대화가 적고
스마트 폰이나 텔레비전만 보고
책이나 신문도 보지 않고 있으니
자기 머리를 둔화시키고 사회가 냉정해진다
갑자기 자기 전화번호를 물으면
어리둥절하고 대지 못하는 경우가 많다
이것이 기계를 너무 의존하다 보니
머리가 둔해지고 있으니, 앞날이 아둔하다
책이나 신문을 보고 암산도 많이 하여
밝은 사회로 나갑시다

대한민국은 지금 세계의 선진국으로
도약하니 국민들이 깨어나야 합니다

시인 **사방천**

* 목차

나는 가리라.....................6

과잉 생산에 쪽박 찬다............7

낙엽이 겨울 부르는 소리.........8

동해의 외로운 섬..................9

차표 없는 인생 열차.............10

추억의 고향.....................11

촛불 같은 인생..................12

호숫가..........................13

덧없는 인생길...................14

청풍명월........................15

장마철..........................16

돌고 도는 세월..................17

화마가 지나간 낙산사............18

왔다 가면 그만인데..............19

몸 받쳐 이룬 나라...............20

초목 같은 인생..................21

어린 순정 (노래)................22

아픔의 세월.....................23

억겁의 세월.....................24

억새꽃..........................25

야속한 세월.....................26

백설이 산 넘어..................27

동방의 아리랑...................28

동심의 화롯불...................29

내일을 위해 실천하자............30

깨어나세........................31

과한 욕심은 화가 된다...........32

그립구나! 소꿉친구야............33

글 향기 퍼지네..................34

영생............................35

옛 선비의 아낙네................36

설날............................38

금색 나팔.......................39

그리운 어머니...................40

그곳에도 봄은 오겠지............41

그때 그 시절....................42

국화와 구절초꽃.................44

만고병..........................45

땀 흘려 행복 오네...............46

등나무..........................47

둥지 틀었다.....................48

동절의 나뭇가지.................49

동해가 밝아오네.................50

억겁의 세월.....................51

유구한 백의민족.................52

세상 살이.......................53

세월 따라 왔다 가네.............54

작가의 고독.....................55

낙목한천(落木寒天)..............56

과일나무........................57

* 목차

손으로 하늘 가린 격 58

낭만의 인사동 59

장애인의 눈물 60

화 춘 사계절 61

활기찬 봄 62

흰 눈 63

입 돋아나네! 64

흘러온 팔십 리 65

처서 66

호반의 도시 67

희망의 빛을 찾아 68

영생불멸(永生不滅) 70

봄은 울긋불긋 71

박복한 세상 72

인생도 다시 오면 73

이것이 삶의 여정이다 74

동방의 백의민족 75

금강산 눈물 76

세월 따라 변하네 77

만선의 꿈을 싣고 78

천고의 뭉게구름 79

인자 명 호자 피 80

장미는 용기를 가지라 하네 .. 82

매미 우는 소리 84

추풍에 풀벌레 슬피 우네 85

하늘을 이고 땅을 밟으며 86

한 달이 크면 한 달은 적다 .. 87

봄바람의 화마 오네! 88

두물머리 89

울고 가는 인생길 90

인생 춘몽 91

만고강산 92

동해의 푸른 물결 93

천궁의 구세주 오셨네 94

산골 마을 초가삼간 95

계절이 바뀌면 96

이데올로기 97

언제나 주인공 오려나? 98

방랑객(放浪客) 99

모아놓은 식량 다 썩었네 100

녹색의 오월 101

낙목 한설 102

먼동이 튼다 103

세월 104

청잣빛과 명사십리 106

청산에 들러 107

동삼은 가고 꽃이 피네 108

동방이 밝아오네 109

* 목차

바닷물에 핀 꽃 110

꿈속의 임 그리워 111

꿈의 숲속 112

한 많은 보릿고개 113

나비와 새를 보려면 114

청산 계곡 115

접시꽃 116

시화 열풍 117

서민의 아픔 118

백운봉 품에 안긴 갈산 119

천명하는 코로나19 120

꽃구경 가세 121

갈산공원 길섶 122

갈산(葛山) 공원 123

비 온 뒤 맑은 하늘 124

북한산 실개천 125

봄은 와도 청춘은 안 오네 ... 126

돌아가는 사계절 127

돌다가 가는 인생 (노래) 128

대망의 꽃 떨어지네 129

꿈같은 인생 130

관리 잘못으로 131

고향길 132

겨울 가고 봄이 오네 133

갈수록 태산이라 134

탐욕을 버리고 마음을 비워라 ..135

청계산과 백운호수 136

지식과 지혜 137

인간사 덧없어라 138

우주가 분노한다 139

용두사민 되지 말자 140

오색 단풍 141

삭풍 142

탄생(誕生) 143

QR코드 스마트폰으로 QR 코드를 스캔하면
시낭송을 감상할 수 있습니다

 본문
시낭송
감상하기

 제목 : 장애인 눈물
시낭송 : 박영애

 제목 : 금강산 눈물
시낭송 : 최명자

 제목 : 동방의 백의민족
시낭송 : 박영애

 제목 : 세월
시낭송 : 최명자

영상은 YouTube 정책 또는 운영 관리에 따라 삭제될 수도 있습니다.

시인은 자연을 이야기하고 시낭송가는 자연을 품었다
글자는 날개를 달아 언어로 날고 소리는 자연에 눕는다

나는 가리라

나는 가리라 나는 가리라 추억의 고향 찾아
나는 가리라 봄이 오면 산과 들에 꽃 피고
새 우는 첩첩산중 내 고향 두견새 우는 소리에
외양간 송아지 어미 찾는 소리
울 밑에 어미 닭 구구대며 병아리 부르는
소리 그리워 나는 고향 찾아가리라

여름이 오면 우거진 숲속 산새들 지저귀고
한적한 깊은 산 속 바람 소리 들리며
계곡물 소리가 나를 부르는 듯 들려오는
청정지역 추억의 내 고향
초가지붕 위에 하얀 박꽃이 넘어가는
석양에 반짝이면 해님은 작별하며 손짓하고
나무들은 내일 만나자고 무언으로 손짓하네

나는 가리라 두메산골 내 고향으로 돌아가리라
오곡백과 익어가고 만추에 단풍잎 너울대며
초가지붕 보름달 같은 박이 주렁주렁
달밤이면 앞마당에 멍석 깔고 식구들과
오순도순 모여 앉아 이야기 꽃피우던 추억의 고향
나는 가리라 정겨운 내 고향

과잉 생산에 쪽박 찬다

무성하던 초목도 때가 되니 단풍 들며
모진 비바람에 떨어지듯이 가는 곳마다
옥토에 밀집같이 들어선 아파트에 업주가
무엇을 바라고 지었는지 참으로 애석하다.

옛말에 누울 자리를 보고 발을 뻗으란
말 같이 수요자를 보고 지어야지
이렇게 난발하면 나라도 망가지고 업자도
망하는 것을 삼척동자도 알 것이다.

인구는 주는데 많은 집을 누가 살 것인가
작은 실수로 나라 경제 거덜 나도 감투싸움만
하지 말고 경제 살리려고 하는 일꾼을 돕지는
못하나마 발목 잡지 맙시다.

초근목피로 이루어 놓은 우리 경제 알고 나대시오
배불리 잘사는 것이 누구의 덕인지 아십니까!
당신들은 감투만 생각하지 나라 위해
무엇 하나 이루어 놓았나!
반성 좀 해보시고 경제 발전에 힘을 모읍시다.

낙엽이 겨울 부르는 소리

푸르던 잎 오색으로 물드는
만추의 계절 오곡이 익어가더니
어느덧 삭풍이 몰아오며 가을의
끝자락 참으로 세월이 빠르군요

곱던 단풍 낙엽 되어 바람에
구르는 소리 찬바람 몰아오고
집집이 김장 준비 분주한 아낙네들
겨울 준비 시간 가는 줄 모르고

오일장 좌판 위에 마늘 고추 춤을 추니
장마당이 떠들썩 여인들의
가득 담은 장바구니
옆구리 터진다고 소리치는 바람에
바라보던 겨울이 성큼 달려오네.

동해의 외로운 섬

동해의 푸른 물에 외로이 서 있는
독도 너는 대한민국의 땅이지만
서러움과 수많은 역경을 참고
오늘의 대한민국이 세계의
반석에 오르니 참으로 고맙구나.

백의민족 배달의 나라
수천 년 역사에 외침에 시달리며
참고 견디어 이제야 일어섰다
동해의 푸른 물도 즐거워 넘실거리며
독도가 웃는 모습에 갈매기 모여
노래하니 세계가 모여 환영하네.

우리 모두 합심하여
백두산 상상봉에 태극기 날리며
참고 견디어 온 한을 만방에
알리어 세계가 합심하여 도와가며
한마음 한뜻으로 웃으며 살아보세.

차표 없는 인생 열차

세상이 아름답다고 하여
부모님의 몸을 빌려
이 세상 탄생하여 차표 없는
인생 열차 타고 미풍 따라
여기저기 둘러보며 모진 세월
가시덤불 헤치며 산전수전
다 겪으며 허겁지겁 오다
뒤돌아보니 청춘은 간곳없고
백발만 무성하네

타고 온 인생 열차 청춘 찾아
돌아갈 줄 알고 허겁지겁
오다 보니 무정한 열차
돌아갈 줄 모르고 세월 따라
가기만 하는 고달픈 인생 열차
멈출 줄 모르고 달려만 가네!

황혼의 언덕 올라서 지고 오던
짐 내려놓고 오던 길 내려다보니
부질없이 허무하고 무정하게
걸어온 세상살이 외로운 나그네
황혼만 바라보고 가는 안타까운
심정을 밤낮으로 쉬지 않고
달려가는 인생 열차만이 알리라

추억의 고향

저 산 넘어 양지바른
산골 초가삼간 동심이 자라던
옛 고향 봄이 오면 앞 뒷산에
백화 만발하던 내 고향

찔레꽃 아카시아 꽃향기
짙어가면 뻐꾹새 울고 계곡물
흐르는 소리에 산새들 지저귀던
추억에 동심이 새삼 아련히 떠오르네.

아름답고 정이 넘치던 그곳에
갑자기 들려오는 총소리 악마의
육이오가 수라장을 만들고
할머니는 열병으로 돌아가시고
홀로 피난하던 그곳 오막살이
피바다로 얼룩지고 비명의 소리
요란하던 그곳이 갑자기 떠오른다.

떠나온 지 6십 년 세월 속에
지금은 비명의 소리 머물고
잡초만 무성하고 인적도 없고
초목과 새들이 살고 있겠지
아련한 추억 속에 남은 것은
한숨과 덧없는 세월 속에
백발만 왕성하고 황혼이 다가오네.

촛불 같은 인생

우리가 세상을 살아가는데
용기와 희망을 품고 열심히
사노라면 촛불과 같이 빛나는
영광과 행운이 올 수 있다.

어두운 곳에 불을 밝히면
보이지 않던 사물이 보이듯
촛불 같은 마음으로 열심히
노력하며 달려왔네.

험난한 세상을 살다 보니
촛불이 자기 몸 다 태우면
불꽃이 꺼져가듯 인생도
늙고 병들면 촛불과 같다.

우리가 살아가는 것도 촛불과 같다.

호숫가

청잣빛 맑은 하늘 쏟아지는 태양에
불어오는 하늬바람은 가을을 부르는 듯
노송나무 그늘에 앉아
바람의 일렁이는 호수를 바라보니
물 위에 한가로이 노니는 백조들에
아름다운 사랑에 노랫소리 들리는 듯

지루하든 장마에 얼룩져 찌든 때
맑은 물에 말끔히 빨아
호숫가에 널어놓으니
오가는 관객들 발길 머물려
바라보니 화판에 글귀마다 관객들의
아름다운 환호 소리가 절로 나온다.

줄줄이 이어가는 화폭의 아름다운
시어가 하늬바람에 실려 만국의
퍼져가니 결실의 가을 햇볕도
시화에 누워 쉬어 갈까, 하노라

덧없는 인생길

구름도 힘에 겨워 한숨짓는
인생 고개 넘어 홀로 가는 나그네
첩첩산중 두메산골
어둠이 찾아드니 부엉이 우는 소리
나그네 발길을 재촉하니
숲속 사이로 명월이 길손 밝혀주네

나그네 마음은 다급하나
인적 없는 산중에 발길은 더디고
야심하니 찬 서리만 내리고
나그네 가는 길은 멀기만 하네

좌절감에 마음만 급하니
어이타 이내 마음 그 누가 알랴
신 돌매 졸라매니 영 넘어
먼동이 트니 단봇짐 내려놓고
지나온 길 더듬어 보니
지나온 길보다 갈 길이 막연하다.

청풍명월

불어오는 청풍의
부딪치는 소리 독수공방
홀로 잠 못 이루는 이 심정
동창의 비춘 명월 너마저
몰라주니 야속도 하다

바람의 춤을 추는 나뭇가지
창문을 두드려 행여나
임이 오셨나 창문 열고 내다보니
임은 아니 오시고
바람에 흔들리는 나뭇가지가
홀로든 잠 깨우누나.

장마철

무더운 날씨가 반복되더니
하지가 지나고 삼복이 닥치니
장마철 비가 쏟아져
아름답던 마을과 평야와 산천초목이
홍수에 밀려 황폐하여 수라장이 되어도
물과 불은 원수가 없어도
인간이 잘못 하면 원수가 된다

화마가 지나가면 재라도 남지만
장마에 물이 지나가면 흔적도 없듯이
옛말에 좋은 말은 물에다 새기고
나쁜 말은 돌에다 새긴다고 한다
사람의 말 한마디가
사람을 죽일 수도 있고 살릴 수도 있듯이
말 한마디 잘못으로 원수가 될 수 있다

사람을 잘 보고 사귀어야 한다
위에서 흐린 물이 아래서 맑을 수 있나
가는 말이 고와야 오는 말이 곱다
가는 방망이 오는 홍두깨라
적은 것이 가면 큰 것이 온다
좋은 말만하면 좋은 말이 오고
나쁜 말을 하면 나쁜 말이 온다
이런 사람은 멀리하라

돌고 도는 세월

돌아가는 세월에
여름이 놀던 자리
오색 단풍으로 화사하던
단풍 북풍한설 찬바람의
지천에 만개하네

추풍이 몰아치니
앙상한 나뭇가지 소리 내어
우는 소리에 지천에
낙화 되어 누워 있는 낙엽도
몸부림치며 통곡하니
백설이 애처로워 흰 이불로
감싸주며 봄을 기다리라 하네

백설이 지천에 만개하니
이불속에 모여 잠이 들고
철새들 찾아와 노래하며
돌고 도는 세월 따라
경자년도 저물어 가네

화마가 지나간 낙산사

신라 문무왕 십 년의
고승 의상 대사가 관세음보살 진실이
홍련암 굴 안에 있다 하며
기도하던 곳에 머물며 낙산사를
창건한 지 사백여 년의 역사가 한순간
잿더미가 되며 시국(時局) 불안 알렸건만

내 나라 내 형제 허리 잘라 갈라놓고
쇠뭉치로 때리려 해도 모른척하며
국민의 혈세로 배부르고 등 따듯한
생각만 한다.

일꾼이 나라와 국민 생각 아니하고
손톱에 가시 드는 생각만 하고
목 밑에 구더기 쓰는 줄 모르다
촛불에 끄시려 먹었던 것
토하는 소리가 국민의 가슴 쓰리게 한다

누구를 위한 일꾼인가 가슴에 손을 얹고
반성 좀 하고 국민이 믿는 일꾼 되십시오
낙산사의 화마가 지나가며 알렸건만
오죽하면 관세음보살이 넓은 바다
바라보고 한숨 쉴까?

왔다 가면 그만인데

오가는 계절 따라 꽃피고 잎도
피어 뒷동산 오곡백화 만발하니
산천에 얼었던 계곡물 소리에
산새들 지저귀니 임도 오시려나?

몸단장하고 임 마중하러
뜰 아래 나서니 봄바람은
나를 안고 봄나들이 가자 한다.

녹음방초 우거지고 아지랑이
아롱아롱 산천에 미아리가
세월 따라가던 청춘 무릉도원
노송 그늘에 앉아 산천경개
둘러보니 산수 좋은 터를 잡아
수십 년 공을 들여 초가삼간
지어놓고 행복하게 살아보세

앞마당에 행복 심고
사립문에 만수무강 현판 걸고
인생 행복 누리려 하는데
덧없는 무정세월 따라서 오다
보니 세월에 시달리어 청춘은
간곳없고 백발만 무성하여
서산마루 걸쳐 있는 석양이로다.

몸 받쳐 이룬 나라

입춘에 부는 바람은 봄을 부르나
얼어붙은 냉기는 꿈쩍도 아니하고
폭풍만 몰아치니 어이타 이내 심정
아무도 모르는 애타는 심정
어느 누구에게 하소연하랴

인생의 부귀영화는 바람결에 날아가고
강풍에 모진 인연 산산이 흩어지니
어이타 이 세상 언제 다시 지나간 세월
다시 오려나 만인의 아픈 가슴 천지도 모르니
생존에 이 한이 언제나 풀어볼까?

선인들이 몸 던져 이루어 살기 좋은 나라
관리 잘못으로 썩어 냄새가 풍기니
쉬파리가 모여 쉬슬어 구더기가
우글거리니 모든 것이 파괴만 되어
행복과 부귀영화는 간곳없고
악취만 풍겨오니 이대로 간다면
옛날 50년대 초근목피로 연명하던
보릿고개로 되돌아가서 가시밭길을
다시 걸어가야 할 것 같다.

초목 같은 인생

봄은 청춘을 시작하여
푸름을 간직하고
아침 이슬에 세수하네

맑은 태양을 맞이하며
하루를 시작하고
이슬은 풀잎에서 굴러
땅속으로 숨으니

봄은 가고 여름이 찾아들며
나날이 성장하여 지천을
녹색으로 장식하며
늘 청춘일 줄만 알고
세월 따라 달려오니

무심한 세월은 어느덧 흘러
가을바람에 오색 단풍으로 변해가며
조석으로 찬 바람만 몰아치네

차디찬 땅에 누워 하늘을 바라보니
돌고 도는 세월이 야속도 하다
인생도 저 초목같이 왔다 삼라만상이 꿈길만 같다.

어린 순정 (노래)

청산 계곡 푸른 물에 조각배 타고
정든 임과 마주 앉아 사랑 노래 부르니
외로운 청산에 슬피 우는 두견새야
가는 세월 안타까워 너도 슬피 우느냐?

청산 계곡 푸른 물에 조각배 타고
작별 노래 부르니 동백꽃 핀 가을밤
석양을 바라보니 애석하게 석양마저
추풍에 실려 세월 따라 지는구나!

달 뜨는 청산 계곡 조각배의 꿈같은
사랑 노래 실어 놓고 떠나가는 야속한 임
첫사랑의 흘린 눈물의 얼룩진 상처
너마저 몰라주면 그 누가 알아주랴?

아픔의 세월

용기와 희망을 품고
비몽사몽같이
억겁의 지나온 세월
한도 많고 눈물도 많았건만
이것이 내가 못난 탓이었다

추억은 지나가고 미래는 다가오니
아마도 지나간 꿈이
밀알같이 썩어 거름 되어
차후 천추만대 희망의 꽃을 피우리라

선인들의 닦아 놓은 억겁의
세월을 헛되이 생각 말고
거울삼아 차후 연구 노력하면
지상낙원 이루어 꽃을 피우리다.

억겁의 세월

모질고 모진 풍파 견디며
살아온 험난한 억겁의 세월
견디며 기나긴 여정으로
나 여기 왔네.

겨울이 지나가고 봄이 오는
비바람 속에 가시덤불 헤쳐 가며
꽃 피고 만물의 향기가 풍기는
밝고 살기 좋은 낙원 찾아오니
어느덧 검은 머리 백발 되고
곱던 얼굴 주름만 늘어가는
덧없는 황혼일세

지나온 발자취 돌아보니
거센 비바람도 고요히 잠이 들고
새벽바람에 알알이 맺은 이슬
떨어지듯 서산의 걸쳐 있는
석양 같은 황혼길

산마루에 걸친 석양이 기울기 전에
남은 인생 지나온 발자취 더듬어
백지에 그려 가며
회포나 풀다 갈 때가 되면
지는 석양같이 떠나가련다

억새꽃

노을 진 석양에
오색들판 짙어지고
하늘을 나는 억새꽃

가을바람 불어오니
석양에 반짝이며
작별에 인사하니

가을밤에 소리 없이
떨어지는 낙엽
이슬 맞으며
찬바람에 구르듯
이내 마음 허전한데

외로운 마음 아는 듯
기러기 울음소리의
으악새마저 슬피 우는
달밤의 마음도
찬 이슬만 내린다.

야속한 세월

세워라
청춘은 두고 가거라
첩첩산중 바람과 새들
주고받은 메아리 소리
들리는 아름다운 세상
구경하며 천천히 가리라

지상의 만물은 청춘보고
세상 돌아가는 대로 살라 하고
바람은 무거운 짐 다 내려놓고
마음 편히 살라 하며
인생살이 마음먹기 나름이라 하네

아름다운 자연을
여기저기 둘러보다
남북이 변하여 하나 되어
금수강산 지상 낙원 이루어지면
갈 것이니 세월아 기다려다오.

백설이 산 넘어

저 높은 산 넘어 백설로 장식한
정겨운 산골 마을 그리운 내 고향
눈 덮인 산골 초가삼간 나 살던 곳
그곳의 밤이면 서쪽새가 우는가

오늘도 옛 추억을 상상해 보는 그곳
낮이면 산새들 지저귀고 덤불 속
계곡 은빛 같은 얼을 속으로 흐르는
물소리가 지금도 정겹게 들리는지

바람아 광풍아 소식 좀 전해다오
뜬구름아, 물어보자 산 넘어 내 고향
초가삼간 내가 뛰어놀던 마당 지금도
개구쟁이들 뛰어놀고 있는지 눈에 어린다.

동방의 아리랑

아리랑 아리랑 아라리요
아리랑 고개를 나를 넘겨주오
유구한 백의민족 단군의 자손
고난과 압박 속에 환생한
희망이 넘치는 동방의 나라로
아리랑 고개 넘어 구경갑시다

아리랑 아리랑 아라리요
아리랑 고개를 나를 넘겨주오
동방의 기구한 운명의 나라
하느님이 보우하여 기적 이루니
만국이 희망하는 지상에 낙원
아리랑 고개 너머를 달려가 보자

아리랑 아리랑 아라리요
아리랑 고개를 나를 넘겨주오
청산의 새들이 노래하고
바닷물 넘실넘실 파도 소리에
설악산 상봉에 무궁화꽃 피는
유구한 금수강산 구경 가 보자

동심의 화롯불

서늘한 가을바람
산천계곡 초목 색동옷 갈아입고
만추가 가기 전에 단풍놀이 오라고
추풍이 가을 소식 전해 오네.

청아한 하늘에 새털구름 수를 놓고
산새들 노래하며 단풍잎 춤을 추니
귀뚜라미 연주소리 가는 세월도
쉬어가려고 머뭇거리니 시간이
세월의 등을 밀며 재촉을 하니

너울대던 오색 단풍 재촉하는 시간을
원망하며 추풍에 날아가니 벌거숭이
나뭇가지 서러워 통곡하고
가는 세월도 흐르는 물과 같이
바람 따라 흘러가며

황금 들판 오곡이 무르익고
단풍잎 거센 바람의 떨어져 굴러가니
하늘이 백설로 앙상한 초목 감싸주니
새삼 꿈같은 옛 추억 동심의 시절
겨울에 따듯한 방안 화롯가 모여 앉아
고구마 구워 놓고 옛이야기 하던 동심에
추억 속에 검던 머리 백발만 무성하네

내일을 위해 실천하자

어제 지나간 추억 어둠 속에
묻어놓고 다가오는 내일을 향해
인내와 노력으로 미래를 향해 달려보자
자고 나면 변하는 세대 끊임없는 노력과
활력을 다해 노력하지 않으면 오는 복도
잡을 수가 없다

모든 기회와 성공은 노력하는 자만 얻을 수 있다
옛말의 잡자는 자는 먹지도 말라는 말이 있듯이
기회를 기다리고 허공에 뜬구름 잡으려고 하면
오던 운도 비켜 가 말년에 닥쳐오는 어려움을
면하기 어려울 것이다

쓸모없는 허욕으로 과식하면 토할 것이니
양손에 들은 허욕은 다 내려놓고
무술년에는 각자 마음을 비우고 나보다
남을 먼저 생각하는 국민이 되어 적대심을
버리고 고생이 되어도 서로 협조하는
마음을 가지는 노력이 있어야 할 것이다

초목도 겨울에 시들어 봄에 새싹이
돋아나고 인생도 늘 청춘이 아니고
늙으니, 노후를 생각하여 힘이 들어도
가정을 이루어 후손을 양성해야 행복을
누릴 수 있으리라

깨어나세

임들이여
우리 모두 깨어나자
세상은 자고 나면 변해가고
시간은 쉬지 않고 달려가니
봄에 푸르던 잎 가을이 되니
낙화 되듯 인생도 한가지라

늦기 전에 내 모든 연륜과
겪어 온 일들 기억나는 대로
흰 백지에 곱게 담아 가슴에 품고
우리를 부르는 창작 문학 세계로
달려가세 달려가

우리 모두 가보세
주옥같은 시어를
꾀꼬리 같은 목소리로 읊어가니
세계로 번져 가니
대한문인협회의
만국에 시인들이
구름같이 모여오네

자고 나면 발전해 가는
광명의 나라 대한민국
우리 모두 발맞추어
세계로 뻗어 가세

과한 욕심은 화가 된다

세월이 가는 건 질서를 어기지 않고
갔다가 다시 오건만
인생은 세월 따라가기만 하고
돌아올 줄 모르네

허공을 떠도는 바람도 세월 따라가다
때가 되면 철 따라 다시 오듯
인생도 바람같이 때가 되면
다시 오면 좋으련만 가다 돌아올 줄
모르는 미련한 게 인간이더라

우리의 여정 잠깐 들러 산천경개
둘러보며 세상 구경하면 될 것을
탐을 내고 시기하며 살려고 하는가
많이 가져도 부족하고 모자라는
세상살이 억만년 살 줄 알고 아등바등
모아 본들 갈 적에 다 버리고

빈손으로 가는 우리 내 여정 과한 욕심
부려본들 부질없는 세상살이 마음 비우고
양보와 배려하며 구경 다 하고 가는 날
훨훨 털어놓고 웃고 웃으며 작별할 것을

그립구나! 소꿉친구야

봄이 오면 복사꽃 능금 꽃이
피는 언덕에 초가삼간 오막살이
정든 내 고향 언덕배기 노송 아래
같이 놀던 소꿉친구야 지금은
어느 곳 하늘 아래 살고 있느냐

추억을 그려본다. 소꿉친구야
실개천 흐르는 언덕배기 모여
나는 엄마하고 친구는 아빠 그 시절이
그립구나 오늘도 내 고향에 살며
추억을 회상하며 살아간단다.

봄은 와서 복사꽃 능금 꽃은 피었건만
추억은 점점 멀어져 찾을 길 없고
실개천 물소리만 옛날 같고
산새들 노래하는 정든 내 고향
옛 추억도 꿈만 같이 지워져 가는구나
소꿉친구야 추억이 그리워 불러 본다.

글 향기 퍼지네

하얀 백지에 검은색으로
꾸불꾸불 환(幻)을 치는
생면부지(生面不知) 사람들
곳곳에서 모여 희희낙락
웃음꽃 활짝 피우니

삭풍의 찬바람이
운기에 녹아 훈풍이
운운하니 조용하던
홀 안 구석구석 환호 소리
둥근 탁자에 앉은 관중
벌 나비 되어 나비는 너울너울
벌들이 왕성 이는 소리

조용하던 홀 안이
시끌벅적 낭송하고 낭독하며
돌아가며 벌 나비 되어 춤을 추며
시심이 무르익어 가는데
흘러가는 시간이 야속도 하다.

영생

세월만 가고 언제까지나
젊은 청춘일 줄 알았는데
시간이 흘러가고 세월 따라
청춘도 말없이 같이 간다

세월에 시달려 몸은 늙어도
마음 많은 청춘일세
오늘도 옛 그때 그 자리에
찾아가 보니 옛 임도 아니 보이고

세월 따라 허겁지겁 오다가 보니
젊음은 어데 가고 석양이 바라보는
황혼의 언덕일망정 마음만은
영생 불망 불로장생하리라

옛 선비의 아낙네

옛날 가난한 선비님들
초가삼간 방에 앉아 천장을 보면
하늘이 보이는데 낭군님은 학문에
열중하고 끼니조차 힘이 들어
아낙은 일꾼같이 마을에 힘든 일도
마다하지 않고 낭군님 학업을 위해
집집이 다니며 온갖 힘든 일을 하여
남편의 뒷바라지에 힘을 다한다

어느 해 낭군님이 과거 보러 가는데
옆집에 선비들은 하인과 나귀 타고 가는데
여비도 없어 생각다 못해 아낙은 자기
머리를 잘라 여비 마련 새털같이 날은
도보 입고 지필묵 챙기어 괴나리봇짐 싸
과거 보러 하양에 보내고 밤마다
냉수에 목욕재계 정한수(禎寒水)
차려놓고 두 손 모아 빌고 빌려보네

밤이면 청룡 꿈을 꾸며 동이 트면
한양 가신 낭군님 오시길 기다리는데
고갯마루에서 왁자지껄 소리가 나
바라보니 관중들 소리에 행렬하여
낭군님 어사화 쓰고 나귀 타고 오시니
마을 사람 모여와 환영하니 어둡던
초가집 마당의 금의환향
어사 꽃이 활짝 피어 경사가 났네

설날

오늘은 추억의 그날을 더듬어 봅니다.
어릴 적 섣달그믐이면 집집이
가난하던 그 시절에 명절 준비
떡하고 두부 하느라
어머님들이 분주하던 어린 시절
더듬어 본다

오늘은 설날이라 떡국 한 그릇 먹고
가가호호 다니며 어른들에게 세배하던
그날이 물질적으로 간난은 하였지만
인정이 넘치던 그 시절 생각이 난다,

어머님들은 가난한 살림에
명절 준비에 밤잠을 설치시며
헌 옷이라도 손질하시며
밤을 지새우던 그 시절 그리워진다?
의식주 풍부하듯 인심도 후하면 좋으련만

금색 나팔

하늘을 향한
긴 녹색 장대 끝에
분홍 나팔 달고
초록 날개 펄럭이며

허공을 향해 소리쳐도
아무도 대답 없고
청잣빛 하늘
별 초롱초롱 반짝이고

찬 이슬의 촉촉이
젖은 날개
새벽바람에
나풀나풀 춤을 추네.

* 나리꽃에 대하여

그리운 어머니

전쟁 후 오십 년 대 가난에 시달리는
우리네 살림살이 너무나 어려워
연약하신 몸으로 싸리 가지로 만든
무거운 광주리에 사기그릇 담아서 이고
산골 마을을 다니시며 팔면 돈이 없어
콩이나 옥수수로 바꾸어 등에 지고
머리에 이고 험한 산길로 다니시며
고생하시던 어머님

육 남매 키우시느라 손발이 닳도록
피땀을 흘리시며 밤이면 희미한
등잔불 앞에 앉아 떨어진 옷 꿰매시며
뜬눈으로 밤을 보내시며 자식들 키우시느라
고생으로 살다 가신 어머님 저승길
떠나신 후 소식조차 두절하네

이 세상 떠나신 지 수년이 되어도 소식 없어
집배원이 지나가면 소식 오나 하고 기다려도
서신마저 두절된 그리운 어머님
오늘도 어머님을 향해 불초소생 묵상으로
일자 서신 올립니다.

그곳에도 봄은 오겠지

세월은 돌고 돌아 엄동설한
지나가고 우수 경첩이 왔는데
남북의 창은 언제 열리나
청춘 시절 떠나와 검은 머리 백발 되어도
가지 못하는 내 고향

허리 잘라매어 놓은 철조망
녹이나 끊어지면 고향 가려나
통일이여 말 좀 해다오
오늘도 내 고향 바라보며
소리쳐도 소식이 없고 들려오는
강 건너 메아리만 전해오네

춘풍(春風)아, 전해 다오
내가 살던 고향 소식 너만은 오가니
나 살던 곳의 소식이나 전하여 다오
그곳에도 봄은 오겠지.

그때 그 시절

입춘이 찾아오니
산허리 안고 도는 태양이
봄을 안고 와 얼은 땅 비집고
파릇파릇 싹 돋아나면
나물 뜯어 연명하던 보릿고개

자고 나면 끼니 걱정
아침이면 된장국에 보리밥
저녁이면 나물 뜯어 된장에
쌀 한 줌 넣고 나물과 국물로
허기진 배 채우던 시절

봄이면 추억이 새삼 느껴진다
그 가난하던 육이오 전쟁에
폐허 되어 봄이면 소나무 껍질과
풀뿌리 무릇과 둥굴레 가마솥에 끓여
배 채우던 그 시절 생각이 나네

젊은이들이여 선인들이
피땀으로 이루어 온 그 시절 잊지 마소
지금 우리가 잘 사는 것이 농업에서
공업화로 이루어 놓아 잘사는데
선인들을 모욕하고 배반합니까

지금 우리가 편하고 잘 사는 것을
불평하는 사람은 그분들이 이루어 놓은
첨단기술을 쓰지 말고 배반하시오
우리 역사를 보면
조선 시대 왜 일본에 당하고 있다

임시정부 수립하며 피로 물든
육이오 전쟁을 깊이 생각해야 합니다
젊은이들이여 배부르다고 나대지 말고
정신 좀 차리고 역사를 왜곡되게 하지 말고
세상 똑바로 보고 행동합시다.

국화와 구절초꽃

춘삼월 마다하고
송죽 바람 낙목 한설
찬바람에 떠나가는 임
배웅하는 내 마음 아시려나

산비탈 양지쪽 국화 구절초
몸단장 곱게 하고 떠나는 임
손목 잡고 가지 말라고
애원해도 뿌리치고 떠나가네

애석한 너의 마음 알지마는
눈물이 앞을 가려도 가야 하는
나의 마음 몰라주는 들국화
구절초가 너무도 야속하구나

만고병

거리를 나서면 오가는 사람마다
손바닥만 들여다보고 다니는
손바닥에 유령이 요술을 부리니
앞도 안 보고 손바닥만 들여다보니

앞도 안 보고 가다 박치기해도
요술 단지만 들여다보고 가니
참으로 희한한 일이다
전동차를 타도 남녀노소가
앉기도 전에 스마트폰을
손에 들어야 직성이 풀리는가 보다

많은 사람이 타고 가면서
옆 사람과 대화도 없고 책이나 신문
보는 사람도 흰쌀에 콩 보이듯 하나둘
있을 정도고 저마다 마음이 잠기어
옆 사람과 대화도 없이 냉정하다

그러니 세상이 냉정해지고 강박감만 더하니
사회는 만고병이 들고 있으니
하루빨리 마음을 열지 않고 대화가 없으면
명랑한 사회가 될 수가 없다.

땀 흘려 행복 오네.

먼동이 터 밝아오니
종달새 울부짖고
잠든 풀잎에 은빛 이슬
새벽바람에 땅속으로 사라지고
풀벌레 울음소리 하루를 시작하니

외양간 어미 소 주인을 부르고
송아지 신이나 뛰어놀며
초가집 굴뚝에 연기가 집집이
피어오르며 생동력 감도는
아름다운 마을 농부들의
바쁜 하루가 시작되니

뻐꾹새 울고 산새들 지저귀며
다람쥐 뛰어노는 아름다운 고장
지나가던 나그네 정자나무 그늘에 앉아
아름다운 농촌 풍경(風景) 바라보며
해 지는 줄 모르네

등나무

넓고 푸른 벌판 바람에 너울대는
나뭇잎 가는 세월 쉬어가라고
너울너울 손짓하니 등나무 푸른 가지
보랏빛 꽃잎 쉬어갈 임 기다려도
바람 따라가는 세월 쉬어 갈 줄 모르고

반겨줄 임은 아니 오시고 등나무 그늘
지나가는 바람에 실려 오는 꽃향기 마음을
파고들어 비몽사몽간 정신을 가다듬어
살펴보니 꽃을 찾은 벌 나비춤을 추고
꾀꼬리 노랫소리 세월 따라가는 인생 여정

등나무 그늘에 들려오는 꾀꼬리 소리가
메아리치니 등나무 하는 말이 인생도 세월
따라가야 하니 덧없는 세월 한을 말고 열심히
노력하고 세상 구경 다 해 가며 과한 욕심 버리고
흘러가는 물과 바람같이 살다 가라 하네

둥지 틀었다

세상이 아름답다고 하여
괴나리봇짐 등에 메고 청풍을 벗 삼아
이곳저곳 거닐다 삿갓봉 올라서서
좌우를 둘러보니 높은 산이 팔 벌린 듯
우 청룡 좌 백호가 품고 있는 터를 잡아

수십 년 공들려
초가삼간 지어놓고 앞뒤 뜰에 초목 심어
꽃피고 잎도 피니 벌 나비춤을 추고
물소리 새소리 들리는 나무 그늘에 누워 바라보니
하늘에 뭉게구름 떠가고

초목이 너울대는 자연의 소리
흥에 겨워 콧노래가 절로 나니
바로 여기가 신선이 노니는 태평성대
지상 낙원이라 지나가는 길손
시 한 수 읊어가며 쉬어간들 어떠하랴.

동절의 나뭇가지

앙상하던 나뭇가지
봄바람이 찾아와
따듯한 봄볕에 파릇파릇
새싹 돋아나 푸른 잎에
꽃 피우던 시절 다 가고

푸른 나뭇잎
만산홍엽 물들인 가을바람
간곳없고 동장군 찾아와
모진 비바람의 추풍낙엽
지천에 만개하니
내 품에 노래하던 매미도 떠나가고
외로운 달님 많이 바라보네

만산의 백설이 분부하니
창가의 비추는 둥근달
임 없이 홀로 누운
외로운 이내 심정
알아주는 듯 비추어 주네

동창에 비춘 달아
외로이 누워 임 생각하는
이 심정 못 오시는
옛 임에게 전하여 주렴

동해가 밝아오네

어둠이 지나 먼동이 트면
동해의 푸른 물결 넘실넘실 출렁이며
솟아오르는 태양이 물 위를 비추면
백사장 넓은 벌판 걸어가는 발자국마다
시어가 떠오르는 희망의
푸른 바다

동해의 푸른 물결 넘실넘실
갈매기 너울너울 춤을 추는
명사 심리 문인들에 시어가
발자국마다 묻어나는 아름다운
동해에 노을이 짙어 가는
석양이 시인들의 마음마저
설레게 하네

석양의 노을이 짙어 가는
동해의 푸른 물이 넘실넘실 손짓하니
석양은 물결 따라가는 백사장 넓은 들판에
어둠이 찾아들며 파도 소리의 들리는
희망에 시어가 미래를 설계하네

억겁의 세월

용기와 희망을 품고
비몽사몽같이
억겁의 지나온 세월
한도 많고 눈물도 많았건만
이것이 내가 못난 탓이었다.

추억은 지나가고 미래는 다가오니
아마도 지나간 꿈이
밀알같이 썩어 거름 되어
차후 천추만대 희망의 꽃을 피우리라

선인들의 닦아 놓은 억겁의
세월을 헛되이 생각 말고
거울삼아 차후 연구 노력하면
지상낙원 이루어 꽃을 피우리다.

유구한 백의민족

유구한 역사를 이어온 신선의 나라
수많은 역경 속에 묵묵히 견디어온
백의민족 모두가 단결하여 일어서자

암흑 같은 구름 속에 햇빛이 들어
많은 역경 딛고 시작하는 백의민족
다 같이 힘을 모아 세계로 나가자

동해에 태양이 솟고 갈매기 날며
광명의 세계가 기다리니 첨단기술로
강대국 만들어 악몽 없이 살아가세

세상 살이

지나가는 인생길
청산은 나를 보고
흘러가는 물 같이 살라하고
바람은 나를 보고 세월 따라
뜬구름처럼 살라 하네.

만고강산 구경하며
발길 닿는 데로 흘러가며
과한 욕심 부리지 말고
세월과 물 같이 흘러가라 하며
과한 욕식은 화를 면키 어려우리다

잠깐 들러 쉬어가는 길
욕심은 화가 되는 것을
청춘은 무엇이고
사랑이 무엇인가
모두가 흘러가면 덧없는 것을
마음 비우고 살아도 부족하니
고행의 허무한 인생 웃고 살며
이 세상 구경하나 다 하고 갑시다

세월 따라 왔다 가네

세월이 세상 구경 오라 하기에
두 주먹 움켜쥐고 세상을
호령하며 찾아오니 바라보던
사람들 박장대소하며 즐거워하네.

세상에 와
산전수전 겪다 보니 시간은 가자고
소리치고 쉬지 않고 달려가는
세월 따라 네발로 오다가 일어서서
두 발로 뛰어오다 힘에 겨워 세월을
붙들고 세 발로 가쁜 숨 몰아쉬며
끌려가는 부질없는 인생 고개 올라섰네

허무하기 그지없는 인생행로
무엇을 가지려고 그리도 헤매며 왔나
이 세상 모든 것은 내 것도 네 것도 아니고
세상 왔다가는 동안 이용하다
떠날 때는 빈 몸으로 가는 인생이라네.

작가의 고독

고요한 적막 속에 지나간 추억들이
가슴을 파고드는 외로운 이 밤
아무도 몰라주는 이 한 마음
등잔불 앞에 앉아 추억을 더듬어
회상하는 고요한 밤 야속도 하다.

아련히 떠오르는 추억이 새롭구나
희미한 등잔불에 아른거리는 추억의
그 시절 잊지 못해 상상으로 집필하니
희미한 등잔불에 먼동이 트는 이 한 밤
추억을 더듬어 가는 작가의 깊은 밤이여

흘러간 추억 속에 있지 못할 사연들이
머릿속에 스쳐 가는 사연을 찾아보며
상상으로 집필하는 작가의 손길이
추억을 그려 남기는 외로운 작가의
일필휘지가 추억의 역사를 남긴다

낙목한천(落木寒天)

청산에 백화만발하더니
어느덧 만산홍엽 되어
추풍에 낙화 되니
낙목한천 비바람이
외로운 산천을 슬프게 하네

외로이 떠도는 나그네
단봇짐에 찬바람만이 감돌며
지팡막대 가는 길을 재촉하니
갈 곳이 막연하여 긴 한숨에
이 몸 의지할 곳 어디인가
허공에 길 물어보니
쉬어 갈 곳 찾으라 하네

낙양같이
이 몸도 저 동풍 명월 벗 삼아
발길 닿은 데로 허송세월에
의지할 곳 전혀 없는 구차한
인생행로 세월만 가누나

과일나무

선조들이 초근목피로 연명하며
가꾸어 놓은 나무에 달린 열매를
따 먹을 줄만 알고 관리 잘못하니
나무도 늙고 병들어 간다

열매를 먹으려면 나무를 가꾸던가
심어 기르지 아니하면
다시 맛을 볼 수 없으니
세상에 노력이 없으면 대가도 없다
훗날을 생각해 부지런히 노력하세

늙은이가 과일나무를 심을 때
그 과일나무에 열매를 먹으려고
심는 것이 아니고 후손을 위하여
심는 것이니 하루만 사는 하루살이가
되지 말고 앞을 보고 생각합시다

늘 청춘이 아니고 늙어 가는 것이
인생이니 훗날을 위해 노력하여야
노후에 행복이 올 것이니
허송세월하지 말고 노력하는 것
이것이 세상 왔다가는 인생행로이다.

손으로 하늘 가린 격

하늘이 분노하여 폭우를 내리고
땅이 열을 받아 폭염을 쏟아낸다
선풍은 어데 가고 강풍만 불어오나
진실은 어데 가고 거짓말만 난무하나

입에서 단것은 독이 되고
입에서 쓴 것은 약이 된다
방귀가 잦으면 똥이 나온다
만민이 아는 것을 감언이설 하면
누가 믿겠느냐 하늘은 하늘이고
땅은 땅이지 땅이 하늘이 되랴

세월이 가면 알 것이다
사람은 죽어 없어지지만
역사는 남는 것을 알면
하루빨리 가면을 벗어버리고
진실한 마음에 꽃을 피워
후손에게 좋은 교훈 만들어 주자

낭만의 인사동

노을 진 석양이 서산을 넘어가며
땅거미 찾아드는 어두운 밤거리
가로등 불빛 타고 들리는 추억의
노랫소리 모여드는 연인들 낭만
속에 깊어져 가는 인사동의 밤거리

깜박이는 불빛 속에 더듬어
낭만을 생각하는 어리석은 마음
잊어버린 추억에 청춘을 찾으려고
헤매어도 청춘은 간곳없고 애석한
시간만 흘러가는 인사동의 밤거리

연인들 오고 가는 낭만에 골목마다
추억을 찾으려고 헤매도 그 시절
간곳없고 꺼져가는 가로등 불빛 아래
새벽닭 우는소리 동이 트니 반짝이던
별빛마저 희미한 인사동의 밤거리

장애인의 눈물

한 많은 설움 속에
흘려온 눈물
가시밭 헤쳐 가며
자갈밭 위로 걸어온
험난한 길 연변 그늘에
피지 못하던 꽃망울
이제야 햇볕이 들어오네

육신 하나 자기 마음대로
움직이지 못하는 것도 원통한데
무시와 불신까지 받아 가며
기죽어 살아온 장애인 가족들
이제야 자리 잡으며 뿌리 내린다

그늘에 가리어 피지 못한 꽃망울
광명천지 만났으니
활짝 피워 이 넓은 세상
자기 재능 발휘하여
비장애인들과 같이 발맞추어
활기찬 세상 열어가며
깊은 정 나눠 보세

제목 : 장애인 눈물
시낭송 : 박영애
스마트폰으로 QR 코드를 스캔하면
시낭송을 감상할 수 있습니다

화 춘 사계절

봄이 오면 죽은 나무
꽃 피고 파릇파릇
잎 돋아나니 생기가
감돌아 좋은 계절

여름 되니 녹음방초
신록이 무성하여
향기 풍기어 오며
즐거움을 더해주네

가을이 오니 오곡이
무르익어 황금벌판
가을바람이 농부의
결실의 추수에 계절
웃음꽃이 만발하네

겨울을 맞이하니
오색 단풍 찬바람에
지천을 오가며
백설이 날아드니
떨고 있는 앙상한
나무 봄을 기다리는데
인생은 황혼만 향하여
쉬지 않고 달려가네

활기찬 봄

만물이 생동하는 활기찬
봄바람에 거센 찬바람도 훈훈한
봄바람에 고개 숙이니
얼어붙은 계곡물 잠 깨어
정답게 조잘대며 흐르고 잠자던
개구리 소리치며 만물을 깨우니

모진 찬바람에 꽁꽁 얼었던
가지마다 꽃 피우고 잎 피니
먼 산 아지랑이 아롱아롱
종달새 울부짖으니 계곡 연변
금낭화 녹색 실에 꿰어
목에 걸고 바위틈에 피어
양지쪽 앉아 벌 나비 오라
하늘하늘 손짓한다

진달래 금낭화 바라보며
웃어대니 노란 개나리 나란히
앉아 청풍을 불으니
뻐꾹새 우는 산천에 청풍 바람
불어 녹색으로 물드는 여름이 오니
꽃향기 풍기던 봄철 덧없이
지나가고 숲속 종달새 울부짖으니
계곡물 소리에 생동감이 넘치던 봄날도 가네.

흰 눈

검은 하늘에
소리 없이 내리는
백설이 검은 땅 위에
흰옷으로 갈아입혀 주니
동지 지나 크리스마스 성탄절
미사의 노래 들리어 오네

거리에는 성탄절
미사의 노래 들리어 오고
집집이 트리에 번쩍이는 불빛
흰 눈 내리는 오솔길
연인과 거닐든 옛 추억 생각하며

나 홀로 걸어보는
흰 눈 위에 발자국
외롭고 쓸쓸한 밤
그도 나와 같이 옛 추억
연인도 시절 생각나리라

잎 돋아나네!

봄바람 유혹에 몸단장 곱게 하고
세상 구경하다가
있는 힘 다하여 성장하다
무정세월 가는 줄 왜 몰았나!

내 젊음에 청춘 시절 어느덧
지나가고 푸르던 잎 퇴색하여
단풍으로 물들이니
등산객들 반기며 찾아오는데
거센 비바람에 떨어져 땅에
구르는 낙엽 밟으면 아프다고
소리쳐도 모르는 척 밟고 가네

지상의 모든 사물은 영원한 것이 없다
오색으로 물든 단풍도 삭풍에 떨어져
부서지고 깨어져 사라지는 것이
자연에 이치니 애석해 하지 말고
세상 따라 살다 갑시다.

흘러온 팔십 리

모진 비바람 속에 생사의 암흑
그 세월을 헤매며 여기까지 왔는지
황혼을 타고 앉아 돌아보니
피비린내 나던 시절이
참으로 비몽사몽같이 지나
팔십 고개까지 온 것이
춘몽과 같으다

악몽에 세월을 헤치고 온 것이
하늘에서 내려준 문인으로 안내한 것 같아
잊었던 추억을 지나온
발자취를 회상해 가며 찾아
백지에 환을 쳐 본다

기구한 운명으로 여기까지와
지나간 세월을 황혼을 타고 앉아 보니
남은 팔십 리 고갯길이
산마루 걸쳐 있는 석양 같네.

처서

온 지상을 불볕으로 달구며
만물을 태우려고 몰아치던
더위도 힘겨워 사그라지고
산모퉁이 몰아오는 서늘바람에
귀뚜라미 우는소리 가을이 오네

가을바람에 푸르던 산천은
오색으로 물들어 가고
가을을 노래하는 매미 소리에
푸르던 청춘 늙어가니
가는 세월이 원망스럽다

들판의 물들어 가는 오곡은 황금빛이요
인간사 늙은 것은
소금에 절인 배춧잎 같으니
인생도 황금빛같이
세월아 우리도 황금빛처럼
곱게 물들며 살아보세

호반의 도시

양구 화천 흐르는
물은 굽이굽이 돌고 돌아
소양호에 담수 되어
첩첩선중 굽이굽이 돌고 돌아
만인의 식수로 흘러가네

산 넘어 넓은 들에
거미줄 같은 케이블카
주머니 속에 앉아
고개 넘어 삼악산 당도하여
산하를 둘러보니 산골짝마다
그림 같은 집들에 절경이
마음을 사로잡네

호반의 도시 비가 내리고
자욱한 안개 속에 철마를 타고
조상님께 참배하고 추억의 고향
첩첩산중 굽이돌아 냇물이 흐르는
청솔밭 속에 그림 같은
식당에 들러 출출한 배 채우니
만고강산이 부모님의 품속 같다

희망의 빛을 찾아

정유년도 때가 되니
백설을 토해놓고 힘없이
주저앉은 끝자락에
무술년이 기침하며
하품하니 태양이
비추며 온 누리에 축복과
영생을 내려 주십시오!

춥고 배고파 떨고 있는
선한 백성에게 영광을 내리시고
이기주의와 부모 자식을 죽이는
금수만도 못한 잡배들 일시에
멸망의 심판을 하시고 새해부터는
대망의 빛으로 서로가 축복과
사랑으로 지상 낙원을 이루게 하시고
사람이 사람을 경계하고 배척하지 않고
더불어 사는 사회를 이루어 봅시다

나만 잘살자는 안일한 생각 금전에
눈이 멀어 불량 식품 수입하여
국내산으로 국민을 속이는 잡배들과
부정부패를 일삼는 자들을 척결하지 않으면
불신 사회로 전개할 것이니
엄벌하여 갑시다

마음 비우고 서로가 각자 맡은 의무를
충실히 성심을 다하여 믿음을 주는
아름다운 사회를 이룩하여 정의로운
민주주의 길로 가지 않으면
범법자 양성소로 좌초되고 말 것이다.

영생불멸(永生不滅)

꽃은 피어 낙화하니
왔던 봄 꿈같이 지나가고
초목이 무성한 여름이 다가와
더운 바람에 초목은 너울너울
춤을 추며 푸른 열매 성장하네

초목이 무성하니 숲속에
메아리가 불러오는 바람 타고
멀리 전하니 모진 세월의
인간을 괴롭히던 코로나19도
한풀 죽어 서서히 꼬리를 내린다

인간은 자기가 잘못을
반성할 줄 알아야지
똥 싸놓고 큰체하면
냄새만 풍겨 세상이 아는 것을
무엇을 얻으려고 그리도 나대는가

농부가 봄에 씨앗을 뿌린 만큼
추수하는 것이다
과한 욕심은 화를 면키 어렵다는
것을 왜 모르고 천방지축 나대는가
시간이 되었으니 조용히 물러서야지
이 세상의 영생불멸은 없는 것이다.

봄은 울긋불긋

봄은 나를 부르네
앞산 아지랑이 꽃이 피니
청춘을 노래하는 봄이 왔으니
꽃동산에 꽃구경 가자고
봄은 춤추고 새들의 노래가
냇가에 버들강아지 옹기종기
모여 나를 부른다

뒷산의 잠자던 초목 하품 소리
얼어붙은 계곡물 어린아이
오줌 누듯 흐르는 소리에
잠자는 개구리 깨어 봄이 왔다
소리치니 뻐꾹새 소리에 고요하던
산천이 왁자지껄 만물이 생동하네

강 건너 양지쪽 목동 버들피리 소리에
초가삼간 노처여 안절부절 뒷문만
들락날락 가는 봄 부여잡고
세월 따라 청춘만 흘러간다.

박복한 세상

지나가는 봄바람에 꿈과 추억도
바람 같이 지나가는 야속한 세상
모두가 봄볕같이 지나가는 허무한 세상
잠깐 들러 지나가는 인생길 누가 만들었나?
한세상 지나가는 인생길 과한 욕심에
북망산천 가는 걸 모르고 악행만 하네

한 많은 이 세상 박복한 세상 모진 목숨
연명하며 세월 따라오다 보니 초근목피
보릿고개 동행하던 청춘도 간곳없고
모진 세월 지고 걸어오던 팔십 리 세월
따라오며 모진 비바람에 파이고 찢어
나가서 앙상한 고목에 백발만 무성하네

가을바람에 나뭇잎 떨어지듯 초근목피
보릿고개 내던지고 석양에 걸터앉으니
청춘도 어데 가고 앙상한 가슴에 찬바람
만이 파고들어 냉기만 싸여 한숨짓는
고행길에 노을 진 산마루 걸쳐있는
석양같이 앙상한 몸 지팡이
부여잡고 왔던 길 돌아가네.

인생도 다시 오면

지나간 봄 다시 오듯
인생도 계절같이
돌아올 수 있다면
봄에 피는 꽃처럼
늘 행복하련만

봄이 오면 꽃 피면
벌 나비 날아와
벌은 노래하고
나비춤을 추면
먼 산 아지랑이 달려오네

인생도 늙지 않고
청춘을 즐기며
벌 나비처럼 즐겁게 살면 좋으련만
억만년 살 것 같이 아귀다툼하며
냉정한 세월 속에
묻어가는 박복한 인생 삶이다

이것이 삶의 여정이다

우리의 여정은 시간과 같이
세월 따라 쉬지 않고
밤낮으로 가는데
이왕에 왔으니 가는 동안
만고풍상 지나온 억겁의 세월을
후손의 삶에 도움이 될까 하여
자필하여 본다

이 세상의 모든 것은
노력 없이는 꿈을 이루지 못하는 것이니
혈기 왕성할 때 열심히 노력하여
차후 좋은 본보기를 남기기 바란다

동방의 백의민족

동방의 예의지국 악연의
그 수많은 외침과 당파싸움으로
핏빛으로 시달이다
이제야 동양의 신선에 나라 백의민족
하나님이 보호하여
광명에 빛이 밝아오네

백두산 뻗은 줄기 설악산 상상봉에
무궁화꽃 만발하고
동해의 푸른 바다 넘실넘실 춤을 추니
세계가 모여들고
한국이 세계에 전파하는 쇳덩이가
잠자던 만국을 잠을 깨우니
세계가 우러러보며 찬양하네!

수많은 역경 속에 초근목피와 보릿고개
넘겨준 선인의 공을 모르고 나대지 마라
선인들의 피땀으로 이루어서 잘 사는 것을 모르고
저절로 잘 사는 줄 알고 공을 모르고
농부가 열심히 노력해야지
누구를 위한 감투요
국민이 믿는 일꾼이 됩시다!

제목 : 동방의 백의 민족
시낭송 : 박영애
스마트폰으로 QR 코드를 스캔하면
시낭송을 감상할 수 있습니다

75

금강산 눈물

높은 하늘 뭉게구름 두둥실 떠가고
바닷바람 불어오는 진부령 오르니
산새들 노래하는 내리막길 내려다보니
꼬불꼬불한 내리막길이
우리가 살아가는 고행의 인생길과
저렇게도 똑같을까

전망대 다다르니
푸른 바다 너울너울 춤을 추고
금강산 흘리는 눈물
화진포에 모여 통곡하며 하는 말이
남과 북은 한나라 한 민족인데
무슨 원한 그리 많아
총부리 마주 대고
칠십 년이 지나가도
닫힌 문을 왜 아니 열고
애통할 일이라

하루빨리 통일하여
살아생전 그립고 그립던
부모 형제 만나
손에 손 잡고 지나간
옛 추억 이야기하며
잘 살아 보자고 화진포에
모인 물이 통곡하며 애원해도
들은 척도 아니하니
통일이여 어서 빨리
닫힌 문을 활짝 열어나 다오

제목 : 금강산 눈물
시낭송 : 최명자
스마트폰으로 QR 코드를 스캔하면
시낭송을 감상할 수 있습니다

76

세월 따라 변하네

선인들이 조국을 위해 거닐던 곳에
선인들은 간곳없고 할 일 없고
갈 곳 없는 인생 막장 황혼만
바라보는 석양 같은 인생만
모여들고 청춘은 간곳없네

그들도 한때는 정열을 불태우던 시절이 있었건만
그 시절 간곳없고 세월에 밀리어
거리에 방황하는 가여운 인생 답답한 마음
어느 누가 알아줄 사람 없어 허상 세월 보내려고
여기저기 모여들어 장기 한판 술 한 잔에
허상 세월 오던 길 돌아갈 곳만 기다린다

서로가 모르는 사이라도 말벗이 되어
모이면 즐겁고 석양이 기울면
보금자리 찾아가며 내일을 약속하나
다음날 아니 오는 친구 이 세상 하직
이것이 왔다가는 인생 마지막 길인 것을.

만선의 꿈을 싣고

푸른 물결 일렁이는 바다의
고깃배 넘실대며 춤을 추니
갈매기도 즐거워 노래 부른다,

새벽 찬 바람에
고깃배의 몸을 실은 어부
만선의 꿈을 안고
힘차게 달려간다.

어둠 속에 태양이 솟아오르고
넘실대는 물결 위에
수심에 잠겼던 얼굴이
만선의 가득 실은 어부
활기찬 웃음꽃 피우며
돌아오니 기다리던 가정의
행복이 가득하네.

천고의 뭉게구름

청잣빛 맑은 하늘에 뭉게구름
떠가고 백로가 지나니 아침 이슬
풀잎에 구슬같이 맺었다
해가 뜨면 풀잎에서 굴러 땅으로
숨는 가을이 되니 초목은 오색으로
가을옷 준비하고 떠나갈 준비 하니
바람은 겨울 준비하여 떨어진 낙엽에
감싸줄 산천에 백설 준비하네.

오곡백과 무르익어 결실을 준비하니
으스름달밤에 귀뚜라미 우는소리
나뭇잎은 하나둘 떠나가고 풀벌레
우는소리 구슬프게 들리고
독수공방 홀로 누워 동창에 비추는 달
바라보며 옛 추억 더듬으니
아련히 떠오르는 동심의
소꿉친구들의 모습이 생각난다

지금 그들도 황혼의 백발 되어
할아버지 할머니 되어 어느 곳에서
살고 있는지 아련한 추억 속에
동창의 비춘 달 어느덧 가고
먼동이 트며 낙심한 하루를
또 시작하는 백발의 심정

인자 명 호자 피

사람은 죽어 역사에 남기고
호랑이는 죽어 가죽을 남긴다
현시대는 죽으면 화장터로 간다
화장해서 재는 강물이나
바람에 날려 보내고 뿌리를 저버린다

결과적으로 집안 뿌리를 외면하고
나만 살면 된다는 안일한 생각이다
청춘이 늙지 않는다는 법은 없다
옛말에 젊어 고생은 사서도 한다는 말이 있다
젊어 고생은 노후를 생각하는 뜻이다
후손을 두지 않으면 누가 뒤를 받들어 갈까
당장 하나만 생각 말고 차후를 생각해야 한다

가정이 있어야 나라가 있지 가정이 없이
우리가 어디서 나왔나
교육 자체가 잘못되어 가는 것 같다
학벌만 가지면 된다는 것은 잘못된 판단이다
지혜가 있어야지 학벌 위조로 하는데
대다수가 머리에만 익히고 실천하지 못하는 교육이다
사람은 누구나 재능을 가지고 태어난다
모든 것이 그 사람의 재능을 찾아 배워야 한다

자기가 하고자 하는 일을 하면 성공할 수 있지만
하기 싫은 것을 가리키면 힘만 들고 제대로 하지 못한다
이대로 가면 실업자만 늘고 살아가기 어려우리다
우리는 가정의 역사 사회 역사 세계의 역사를
알아야 하는데 내 집안 역사도 모르며
세계 역사와 외국어를 먼저 배우니
거기서 성공하는 자가 몇 명이나 될까
자기 집안 촌수도 모르는 교육을 고쳐야 할 것이다.

장미는 용기를 가지라 하네

봄은 가고 여름이 오니
장미는 울 너머로
오가는 행인을 보고
다사다난한 세월 속에
코로나 변이 바이러스
겁내지 말고 용기를 가지고
열심히 살아가라 하네

계곡에 흐르는 물소리는
아카시아 꽃향기처럼
용기를 잃지 말고 참으라 하며
혼자서는 못 사는 게 인간이니
어려울수록 서로 돕고 살아야 하는데
현대인은 나만 생각하는 이기적인데
그것은 잘못이다

어려울수록 나보다 남을 먼저 생각하며
서로가 대화로 좋은 의견을 가지고
위로하는 마음을 가져야
난국을 견디어 나갈 수 있다

한 달이 크면 한 달은 작다
모든 것이 좋을 수는 없다
기쁜 날이 있으면 슬픈 날도 있다
차후를 대비하는 마음을 가지면
위기를 극복해 나갈 수 있다
이것이 인생철학이니라.

매미 우는 소리

입추가 지나가니 나무를 부여안고
구슬피 우는 매미 소리에 가을바람도
서글퍼 하며 매미를 위로하는 듯
어루만지며 맴돌다 가네.

푸르던 초목도 색동옷 갈아입을 준비 하니
아름다운 봉선화 여인들의 손톱에 물들이고
으스름달밤 귀뚜라미 울음소리에
나그네 마음 설레게 하고
아침저녁 가을바람은 옷깃을 여미게 하네

동창에 비친 달 바라보니
달빛에 아롱대는 지나간 추억들이
겹겹이 싸여 뜬눈으로 지새우며
회상 속에 어둠은 가고
새벽닭 우는소리 또 하루의
인생 열정(熱情)이 시작되네.

추풍에 풀벌레 슬피 우네

추풍에 떠가는 흰 구름 타고
알알이 익어가는 오곡백과
바라보며 슬퍼하는 풀벌레
나뭇가지 부여잡고 가는 세월
안타까워 슬피 우는 매미 소리
바라보던 두견새 우는 어스름
달밤에 뜬눈으로 잠 못 이루는
외로운 마음마저 설레게 하네

산천초목 머루 다래 알알이 익어가고
옹달샘 찾아와 목 축이며
지저귀는 산새들 소리에 먼동이 트며
온갖 산천 메아리 소리
또 하루가 시작되며
푸르던 초목 오색으로 물들어 가네

인생사 구경 나와 무임승차하고
산전수전 겪어오다 지나온
뒤안길 되돌아보니
만고강산 사계절은 변함없는데
어이타 이내 마음 외롭기 그지없네
가는 세월 어이하랴
이것이 오가는 인생 열차인 것을

하늘을 이고 땅을 밟으며

인생살이 고행(苦行)길
어디서 왔다 어디로 가는 것일까
덧없는 세월 속에 묻어가는
삶이 이다지도 힘겨울까?

홀로 왔다, 홀로 가는 세상살이
오가는 행인들 이내 말 좀 들어보소
무엇을 그리 탐이나 이고 지고 가려 하오
부귀영화 부질없는 것을
이 세상 모든 것은 내 것도 네 것도 아니고
세상 구경하다 끝나면 다 버리고 가는 것을

부귀영화 하려고 권력 다툼하며
동행자들 괴롭히며 살아간들
소용없는 행위인 것을
사는 동안 서로같이 도와가며 살아도 원통한데
괴롭힘 받은 영혼들이 그냥 두고 보기만 할까
후손에게 악담이 돌아올 것을
생각해 보아라
인생은 공수래공수거인 것을.

한 달이 크면 한 달은 적다

다사다난하던 경자년도 끝자락에 다다르니
빛도 없이 사라지는 한세상
무엇을 얻으려고 천방지축 나대는가
옛말에 인생은 화무십일홍이라 했거늘
모든 것은 한번 왔다 가는 것이 정한 이치거늘

권세를 남용하며 무엇을 바라는가
올라갈 때는 쉬웠지만
내려올 때는 위태로운 것이니
자만(自慢) 하지 말고 차후를 생각해 봅시다
모든 일에 적폐를 생각지 않으면
반드시 후한이 따르리라

인생은 하루살이 인생이 아니고
더불어 사는 사회인 것이다
모든 것을 중심을 잃지 말고 국민을 위해
뜻을 펴야지 무리한 행위를 하면
차후 그 대가를 면키 어려우리
세상 모든 것은 영생이 없느니라
모두가 분투와 노력하여 대망을 이룹시다.

봄바람의 화마 오네!

봄바람의 만물이 소생하니
얼어붙은 경제도 회복하려나
국내에 쌀은 남아도는데
앞날의 일꾼 가난한 어린 학생
라면으로 연명하는데
고르지도 못한 세상이다

얻던 일꾼 양반 헛소리에
배부르고 호강하며
당리당략 하지 맑고
앞을 보고 생각 좀 합시다

물은 고이면 썩고
열이 많으면 고압이 되어
폭발하고 말 것이다.

두물머리

두물머리 정자나무 그늘
의자에 홀로 앉아
유유히 흘러가는 수평선 바라보며
나도 저 물 같이 흘러가누나!

세월같이 흘러가는 인생사
청춘을 자랑 말고
사랑과 애정으로 서로 양보하며
살다 가도 짧은 인생살인데

마음 비우고 서로 보듬어 가며
과한 욕심 버리고
금전을 탐하지 말고
한세상 살다 갑시다

지상에 살아가는 동안 사용하다
염라대왕 호출하면
다 버리고 빈손으로 갈 것을
아등바등하지 말고
강물처럼 흘러가며
웃음으로 살아봅시다!

울고 가는 인생길

어둠이 지나가고 먼동이 트니
맑은 바람 불 줄 알았는데
코로나에 냉기만 감돌아
찬 이슬에 서리만 내리니
봄을 기다리던 꽃망울 피지
못 하고 움츠러드네

과한 욕심과 사심으로 흐트러진 마음 버리고
나보다 남을 배려하는
선심을 가지고 합심하여 인생길에
움츠린 꽃 피워 봄이 와 만인이
즐거워하는 세상 만들어 가세

인생길은 고행(苦行)이라
모든 것을 참고 너그러운 마음으로
인내하고 선행하면 악을 면하고
한번 왔다 가면 다시 오지 않은
순탄한 이승 행로가 되리라

인생 춘몽

이 세상 구경 나와 홀로는 외로워
가는 세월 버려두고 천생연분
동행자와 백년해로 언약하고
동행하니 외롭지 않아
진정한 정으로 인생행로의 인고를 견디며
산전수전 겪다 보니
꽃다운 청춘 어디 가고 호호백발 되었네

인생 열차 타고 가다
쉬어 갈 줄 알았는데 쉬지 않고 달려가며
이곳저곳 방황하다 경치 좋은 터를 찾아
초가삼간 지어 놓으니
밤낮으로 달려가는 세월이 야속도 하다
인생 열차 놓아두고
세월아 너 혼자 가거라.

세월아, 춘하추동 사계절같이
꽃 피고 입 피우듯
우리네 인생도 이 좋은 세상
동행자와 행복 찾아 웃고 즐기며
억만년 살아가게 하여 주렴.

만고강산

신구(新舊) 산천 춘삼월에
만고강산 청산이 춤을 추고
소쩍새 울음소리 메아리가
지천을 울리니 만물이 소생하네

농촌마을 강남 갔던 제비 돌아와
이집 저집 문안 인사 올리며
비었던 집 청소하고
신혼 살림 준비하며
마을에 희망과 축복을 기원한다.

들에는 농부들의 웃음소리
바라보던 뻐꾹새 봄노래 부르니
농부의 밭갈이하는 구성진 소리
앞마당 뛰어노는 아이들 웃음꽃 피고
송아지 어미 부르며 생동감이 감도는
살기 좋은 농촌 마을 희망이 솟는다.

동해의 푸른 물결

칠흑 같은 어두움 먼동이 트면
산 너머 태양이 솟아오르는
동쪽 하늘 아래 아름다운
동해의 푸른 물결 넘실넘실
파도치는 소리에 닫혀 있던
마음이 탁 트이는 내 고향

동해의 푸른 물결 일렁이며
물안개 피어오르면 솟아오는
태양 따라 고깃배 오가니
갈매기 춤을 추는 아름다운
바다 위에 뱃노래가 구성지게
들려오는 살기 좋은 내 고향

석양에 노을 지면 만선의 고깃배
항구로 모여 오며 인산인해 이루며
갈매기도 노래하고 오색 단풍
바람에 날며 산새들 지저귀고
푸른 물결 넘실넘실 춤을 추는
인심 좋고 살기 좋은 내 고향

천궁의 구세주 오셨네

천지 광명 배달의 민족
9천 년 역사의 백의민족
신선에 나라 외침에 시달리며
지상의 천궁을 개척하여
지상낙원 이루어 세계가
모여드는 중심국을 이루었네

천지신명의 조화로 하나님이
신선의 나라 지상낙원으로
추천받은 백의민족 많은 역경 속에
재림 주 탄생하여
온 세계의 광명에 빛이 전하여 가네

우리 모두 천의 뜻을 중심으로
합심과 노력하여 대한민국이
세계가 하나 되는 중심국으로
이루어 가자

산골 마을 초가삼간

나무와 풀이 우거진 산골 마을
밤이 오면 푸른 하늘에 별들이 반짝이면
풀벌레 우는소리
달님이 찾아와 오막살이 비추면
안마당에 모깃불 피워 놓고
가족들 옹기종기 모여 앉아
이야기꽃 피우는 아름다운 초가삼간

고요한 달빛 아래
계곡물 흐르는 소리
소쩍새 우는 아름다운
동심의 마음이 솟아나는
정다운 두메산골
오순도순 살아가세

우리도 저 자연의 소리같이
서로서로 잘못을 이해와
사랑하며 희망에 꿈 이루어 가자

계절이 바뀌면

하늘이 지상의 어지러움을 보다 분노하여
세상을 통곡하며 상처를 주던 수마가 지나가니
조석으로 부는 찬바람 다사다난하던 계절도 바뀌어
가을이 돌아오고 수마도 떠나갔네

세상이 어지러워 하늘이 분노하여 천지를 흔들며
수마가 할퀴고 간 지상에 상처가 서민을 울리고
계절은 어김없이 자기 위치를 지키려고 하는데

자기 잘못은 감추고 남에 탓하다 들통이 난
일꾼 하늘이 노하는 것 심중이 생각하고
반성하고 군민에게 믿음이 가는 진실을
보이면 될 것이니 진실한 일꾼이 되어
잘사는 나라 만들어 갑시다

국민의 녹을 먹으며 국민을 기만하는
국민이 어찌 믿을쏘냐
공약은 실천한 것이 없고 기만하니
국민에게 상처만 주며 거리로 나와
아우성친다고 국민이 두려워 하랴
이곳저곳 차단하지 말고 국민 앞에
잘못을 사죄하고 진실을 말하고 잘하면
국민이 왜 아우성치랴

이데올로기

일제 삼십육 년의 임시정부 수립하며
남북이 갈라서 1950년 핏빛으로 얼룩지며
남북이 가로 놓인 철조망
칠십 년이 지나도 통일이 안 오는
비극의 세월 초근목피로 이루어
살기 좋은 백의민족 대한민국
젊은이들은 알고 있는가?

이북도 내 나라 이남도 내 나라
내 형제인데 총부리 마주하고
무엇을 바라고 마음 졸이며
반평생이 되어도 통일을 못 이루는가?
하루빨리 철조망 걷어내고 서로 손 잡고
경제 발전 이루어 도와 가며 살아봅시다

공산주의 소련도 분산되고
독일도 잘사는 나라가 되어 있는데
이데올로기 그만두고
서로 합심하여 살아봅시다
우리 인생 많이 살아야 백 년 인생
이 세상 하직하면 권력이나 모든 것 다 버리고
빈손으로 가는 것을
아귀다툼하여 본들 부질없는 짓이로다.

언제나 주인공 오려나?

희망을 바라고 꾸며놓은 무대
주인공 없어 말도 많고 탈도 많아
언제나 진실한 주인공 만나
희망의 꽃 피어 만인에 웃음소리 들어볼까?

관객은 많으나 주인공 없어 아우성치네
언제나 주인공 많아 희망의 무대가
희망에 웃음꽃 줄기줄기 뻗어
대망의 열매로 만인이 즐겨 태평성대 이룰까?

아마도 천지개벽 없이는
희망의 무대의 주인공 아니 오리라
하루빨리 개척하여 기다리고 기다리는
주인공께 소망을 전하여
알알이 익은 열매 만인에 전하여 행복을 주오

방랑객(放浪客)

세월 따라 흘러가는 봄소식에
꽃 피고 잎도 피는데
인생살이 청춘은 늙어만 가네

세월 따라 봄이 오면
초목은 연연히 피고 지는데
청춘은 계절 따라 다시 올 줄 모르네

이 세상 좋다기에 찾아와 보니
덧없는 인생살이
무정하고 냉정하기 한이 없네

쉬지 않고 가는 세월 야속도 하다
고장 난 벽시계도 멈추었는데
가는 세월 멈출 줄 모르네

덧없는 세월 속에 세상 구경하다 보니
청춘은 간곳없고
오던 길 돌아가려 하니 기력이 소심하네.

모아놓은 식량 다 썩었네

초근목피로 연명하며
모아놓은 식량 관리 잘못으로 썩어 냄새 풍기니
쉬파리 모여 구더기가 왕성하니
참으로 애석하기 그지없다

구더기 모여 잘났다고 왕성 거리니
고생하여 모은 것이 모두가 허사로 돌아가니
피땀 흘린 농부들 어이없어 바라만 보고
피눈물만 흘려도 말 한마디 위로할 자 없으니
한탄스럽고 하늘과 땅이 원망스럽다

평온을 찾으려면
구더기 파리 되어 날 때까지 기다려
날아가야 평온이 오리다
농부들이여 힘을 잃지 말고 기다려
썩은 곳 구석구석 남김없이 청소하고
대망의 그날을 다시 한번 이루어
후손에게 물려주고
다시는 이런 일이 없도록 조언합시다!

녹색의 오월

만물이 성장하는 오월의 무릉도원
녹색의 숲속 사이 흐르는 계곡물 소리에
키다리 아카시아 꽃향기를
오가는 바람이 전하며
뻐꾹새 노랫소리에 녹색 벌판 춤을 추며
가는 세월 안타까워 허리 굽은 노송 한숨 소리에
산허리 안고 도는 석양도 재를 넘네

인간은 이기주의로 변해가며
인간이 자연을 파괴하여 썩어가니
지구가 분노하여
코로나와 변이 바이러스와 대홍수를 발생하며
정화시키려 하니
이것을 인간에 힘으로 막을 수 없고
앞으로 극심한 일이 발생할 수도 있다

코로나와 변이 바이러스 번성하니
녹색 벌판 무릉도원 비추는 달도
희미하게 슬픈 듯 아른거리니
소쩍새 우는 소리에 서민들의 아픈 가슴
찬바람만 감도는 애달픈 사연
그 누가 알아주랴?
하루빨리 경제가 회복하여
만민의 찡그린 얼굴에 웃음꽃이 피어라

낙목 한설

만산에 푸른 잎이
오색으로 물들어 가는
추풍에 억새꽃 날아가니
으악새 우는소리에
단풍잎 떨어지고

기러기 날며 우는소리
다람쥐 낙엽 위에 뛰어놀며
도토리 주어다
겨울 양식 준비하고
눈 오기만 기다리네

오가는 계절아 가지를 마라
저 고운 산천 낙엽 지면
낙목 한설 찬바람에
앙상한 나뭇가지 춥고 외로워
오들오들 떨며
소리 내어 통곡한다

먼동이 튼다

깊은 밤 어둠을 깨우고
동이 트니 종달새 소리에
창밖을 보니 봄을 부르는
흰 눈이 내리니
잠자던 풀잎이 하품하며
뾰족뾰족 솟아난다

눈비가 마른 땅 촉촉이 적시며
솟아나는 풀잎 하품 소리에
계곡 물소리도 봄소식을 전하니
조용하던 산천이 왁자지껄
발가벗은 앙상한 나무도
기지개를 켜며 파릇파릇 움이 트네

앞산 아지랑이 아롱대며 봄을 노래하니
강산에 노니는 종다리 소리에
봄은 아장아장 다가오며
개구리 울음소리
고요하던 산천 생명력이 감도네.

세월

해방되자 6.25에 황폐된 세월
가난에 시달리며 살아오신 어머님
어린 자식들을 위해 봄이면
초근목피로 자식들 배불리 먹이려고
고생하시던 그 세월 어머님

밤잠을 설치시며 입던 옷 빨아 떨어진 곳
손질하시느라 지새우시던 어머니
자식들 장성하니 고생만 하시다가 호강
한 번 못 하시고 세월 따라가신 어머님
불초소생 눈물로 불러 봅니다.

어머님은 무거운 사기그릇 광주리에
담아서 이고 비탈진 산골길 농촌 마을
다니시며 팔면 돈이 없어 콩이나 보리쌀
받아 등에 지고 비탈길에 물 건너면
해는 지고 어두운 밤이 되어 갈팡질팡
정신없이 달려오신다

집에 오시면 된장 풀어 나물죽 끓여 자식들
죽 한 술 더 먹이려고 주린 배 물로 채우시던
어머님 그 시절 어찌 견디어 오셨나요
봄이면 냇물 흐르는 연변에 버들피리 꺾어 불던
그 소리는 고생하시던
어머님의 한이 서린 한숨 소리였소

제목 : 세월
시낭송 : 최명자
스마트폰으로 QR 코드를 스캔하면
시낭송을 감상할 수 있습니다

청잣빛과 명사십리

푸른 물결 넘실대는
명사십리 백사장
오가는 바람 따라 갈매기 날고
은은히 들려오는 파도 소리가
가는 길손 마음 설레게 하네.

맑은 하늘 흰 구름은
백사장에 나그네 발자국에
한숨의 잠긴 그림자마다
싸인 사연 바라보며
지나온 인생의 모진 세월
과거사를 잊으라 하네!

백사장 발자국 파도와
비바람에 지워지듯
지나온 과거사 생각을 말고
새로운 미래를 설계하여
행복의 꿈 이루어 가라 한다.

청산에 들러

깊은 산 계곡물 흐르는 소리는
속세의 복잡한 모든 마을 다 버리고
청산의 벽계수 벗 삼아
유수와 바람같이 살다 가라 하네

청산과 어우러져
자연의 소리 들어가며
뜬구름같이 세월 가는 대로 살다 가라 하네

청산에 나는 새들도 나를 보고
아등바등 살아보아야 백 년 인생
마음 비우고 계곡에 돌같이
둥글둥글 살다 가라 하네

청산이 하는 말이
지지고 볶아본들 허무한 인생인걸
이 세상 하직할 적엔
다 버리고 빈손으로 가니
저 청산에 물과 바람 돌같이 살다 가라 하네.

동삼은 가고 꽃이 피네

춘풍에 밤이 되니 만물이 소생하고
울긋불긋 꽃이 피니 새들의 노랫소리
춘흥에 춤을 추고 녹색 벌판에 아지랑이
가물가물 개나리꽃 옹기종기 모여 앉아
앞산을 바라보며 봄나들이 가자 하네

청산에 부는 바람 춘흥을 노래하는
메아리 소리가 산골 마을 초가삼간에
잠자는 아낙네 봄나물 하러 가자 한다

꽃피고 계곡물 흐르는 소리
산새들 노래하고 뻐꾹새 우는소리
물가에 금낭화 할미꽃 바라보며
반가운 듯 손짓하니 만발하던
꽃들 낙화하며 여름이 찾아온다.

동방이 밝아오네

동해의 푸른 물은 넘실넘실 손짓하고
우뚝 솟은 백두산 천지 흐르는 물은
서해로 흘러 남해로 모여드는 살기 좋은
금수강산 대한민국 반만년 우리 겨레
이어오며 모진 고통 겪은 끝에
이제야 빛이 나네

백두대간 뻗은 정기 한라산에 이르러
용암 분출 솟은 섬 수많은 외침 속에
피눈물로 얼룩져 뼈만 남은 제주도
이제야 세계의 빛나는 관광명소로 알려져
위대한 대한민국 삼천리 방방곡곡
광명이 비추어 만국이 모여오네

우리는 단군에 자손 백의민족 태백산
상상봉에 무궁화꽃 만발하고 인정 많고
풍요로워 인심 좋고 살기 좋은 대한민국
곳곳마다 세계가 우러러보며 모여들어
인산인해 이루니 하루빨리 통일하여
만고강산 지상낙원 이루어 가자

바닷물에 핀 꽃

짠물에서 희귀한 꽃이 피어
향기를 풍기니
오가는 쉬파리만 모여
구더기만 득실대고 왕성 대니
꽃은 피었으나 결실이 없네

양치기 목동이 심심하여
마을에다 큰 소리로
늑대가 나타났다고 하여
동네 사람이 모여와 보니
거짓말한 것이다
진짜 늑대가 나타나 소리치니
사람들이 안 믿는 것같이

그림자 보고 짖어대는 개
따라 짖어대는 격이니
거짓 선동을 하니
누가 그 소리를 믿겠느냐?

언 발에 오줌 싸듯
감언이설 하지 말고
진실을 가지고 믿음이
가는 일을 합시다
송충이는 솔잎을 먹어야지
가랑잎을 먹으면 죽는다.

꿈속의 임 그리워

맑은 하늘에 황사가 날고
봄은 찾아와 꽃 피고 잎이 돋아
녹음방초 우거져 풀벌레 우는소리
가시덤불 찔레꽃 아카시아꽃 만발하니
빨간 철쭉 꽃 불타던 만산에 피어나고
뻐꾹새 소리에 양지쪽 오막살이
떠나간 임 꽃 피고 잎 피며
뻐꾹새 울면 오신다고 약속하였는데

오늘도 사립문 앞에 앉아 오솔길 바라보며
기다려도 임은 아니 오시고
서산마루 해지며 땅거미 찾아와 홀로 든 잠
두견이 우는 소리가 잠을 깨우네

깊은 밤 뜬눈으로 지새워도
가신 임은 아니 오시고
동창이 밝아 오니 노고지리 울부짖는 소리
가을바람에 우거진 초목이
임 소식 전해오려나 내 임 사랑도
뒷동산 머루 다래 익어가듯
꿈속에서라도 익어 가면 좋으련만
임은 아니 오고 야속한 세월만 가는구나.

꿈의 숲속

청잣빛 맑은 하늘 푸른 초원
넓은 잔디밭 맑은 바람 즐거운 듯
애교부리며 살랑살랑 꼬리 치며
시인님들 품 안으로 스며드네

넓은 초원 잔디밭 시인 묵객
다 모여 각자가 뱉어 그려놓은
필 척을 각자의 음성으로
소리치니 꿈의 숲속에
줄줄이 널어놓은 시문에
관객들 모아 인산인해 이루었네

초목은 불볕더위에 여물어 가는
열매의 흥에 겨워 초목도
넘실넘실 춤을 추고
시인님들 낭송에 관객들 환호에
화폭에 그린 시심 만인에게
전해 간다

한 많은 보릿고개

봄이 오니
풀잎은 파릇파릇 돋아나고
쏟아지는 태양은
허기진 내 몸을 노곤하게 비추어
나른한 발걸음은 천근이요

먼 산 아지랑이 아른거리고
양지쪽 진달래 봄바람에
한들한들 오라고 손짓을 하나
비탈진 언덕배기 오르지 못하고 바라만 보니
지켜보던 바람도 애석한 듯
살며시 지나가네

이 고개 저 고개 아무리 높다 한들
저 보릿고개만치 높겠느냐
배가 고파 졸졸 흐르는 계곡에
엎드려 정신없이 먹고 걸어가니
발자국 옮길 적마다 뱃속에서 출렁거리고
이마에 흐르는 땀방울 비 오듯 하니
푸른 보리 이삭 나를 보고
애처로운 듯 고개만 흔들던
보릿고개 그 시절을 아시나요?

나비와 새를 보려면

이 세상 모든 생명체는
움직이지 않는 것은 없다
나비를 보려면 꽃을 심고
새를 보려면 나무를 심어라
이 모든 것은 노력한 만큼
오는 것이다

움직이지 않고
사는 것이 어디 있으랴
나비도 꽃을 찾아 날아다니고
새는 나무를 찾아야
그늘에 앉아 쉬며
행복을 누리는 것이다

나무나 꽃도
바람에 흔들려야 열매를 맺고
바람과 공기도 움직여야
생물이 존재할 수 있다

움직이지 않고 있는 것은
바위와 돌이다
모든 생명체는
움직이니 부딪히고 상처받고
살아야 하는 것이 생명체며
이 모든 것이 삶의 순리이다.

청산 계곡

청산 계곡 맑은 물
모이고 모여
강을 이루고
흐르는 녹수가
청산을 안고 도네

청산은 좋아하고
녹수는 즐거워 춤을 추니
녹수와 청산이 어우려져
잠시인들 헤어질 수 있겠느냐?

청산에 물 흐르고
날아드는 종달새
지저귀는 메아리 소리 들리고
꽃바람에 나뭇가지 너울대는
여기가 태평성대로다

지나가는 나그네
청산에 들러
녹수 한잔 음미하고
시 한 수 읊으며
쉬어 간들 어떠하랴

접시꽃

접시꽃 피는 칠월이면
비바람 몰아치는 장마철
만물이 성장하는 반허리
구부러진 세월 거센 비바람에
시달리면서 열매 맺어 가네

이 지상의 움직이는 모든 생물은
고통 없이 성장하는 것은 없다
모든 역경을 참고 견디어야
목적을 달성하는 것이다
이것을 견디지 못하면 목적을
달성할 수가 없다

접시꽃도 목적을 달성하기 위해
칠월이면 어김없이 피어나니
넓은 입속에 잠자던 옥잠화도
소복 차려입고 마중 나오니
장대 비바람 몰아쳐도 목적에
열매를 맺으니 가을이 찾아드네

시화 열풍

만고강산 푸른 산에
푸른빛이 하늘로 올라가고
황금벌판의 참새들 모여
잔칫상 차려놓으니
따사로운 햇볕 아래
가을바람이 몰려오네

청잣빛 하늘 밑에
가을바람에 몰려온
시화 열풍이 호숫가에
화폭 걸어놓으니
오가는 관중들 발길 머물러
가슴 깊이 추억을 만드네

황금빛 벌판에
시화가 가을바람에 춤을 추니
가는 세월도 화폭을 맴돌며
떠나갈 줄 모르고
시화에 취하여 쉬어 갈까 하노라.

서민의 아픔

지천에 만산홍엽 추풍에 떨어지고
앙상한 나뭇가지 오곡백과 만개하니
흥에 겨운 산새들 노래 부르고
다람쥐 뛰어노는 천고마비의
울 밑에 귀뚜라미 동절을 알리니
계곡물 소리도 구슬프게 들린다

신고산 머루 달래 익어가고
들국화 향기는 지천으로 퍼져가고
으악새 우는 소리 석양도 붉게 서민의 아픔
물들이며 서산마루를 넘으려 하니
기러기 날며 서산마루 넘어가고
찬 바람 몰아치며 옷깃을 여미게 하네

산기슭 오막살이 초가삼간 문풍지
동풍에 우는소리가 서민의 가슴을 울리니
슬픔에 잠긴 서민에
따뜻한 봄이 올 때까지 기다리는
애절한 마음 달랠 길 없네

백운봉 품에 안긴 갈산

백운봉 품에 안긴
양평의 갈산이 보배로 다
백룡이 갈산을 품에 안고 흐르며
흥에 겨워 백운봉 바라보며
유유히 흘러가니

백병산 먹장구름이
쏜살같이 달려오니
바라보던 삿갓봉
맞바람이 밀어내니
밀려오던 먹장구름
한강에 떨어져
청정지역 옥수로 다

청산의 부는 바람
한강 수 따라가다 반짝이는 은빛
같이 너울대는 천에 자원
만인의 식수 이만한 보배가
어디에 또 있으랴

천명하는 코로나19

한설의 백설은 봄을 기다리는데
극심한 코로나19는 극성을 부리고
지상의 만민을 전멸시키려 하니
아마도 인간이 너무나 자연을 파괴하여
보복하는 것 같다

인류를 멸망시키고 새 세상 만들어
자연과 모든 생명이 재생할 수 있는
지상낙원을 만들려고
코로나19로 하늘에서 보내
지상을 창조하려고 하는 것 같다

인명은 하늘과 자연에 매였거늘
인간이 잘못을 저질러
하늘이 천명하는 것이 아니냐?
우리가 자연을 많이 오염시켜
천벌을 받는 것 같다

꽃구경 가세

세상을 백설로 꽁꽁 얼어
잠들게 한 기나긴 겨울
봄바람이 만산에 각색의 꽃 피우고
앙상한 나뭇가지 잎 돋아나니
조용하던 산천 생명력이 감도네

꽃 피고 새가 노래하는
금수강산 꽃구경 오라고
봄바람이 부르니
옴츠리고 있던 몸 활짝 펴고
꽃구경 갑시다

들판에 쑥부쟁이
여인들 바구니 들고 나물 캐러 오라고
아지랑이 손짓하고
종달새 노랫소리 가는 봄 부여잡고
꽃비가 내리니
이 봄 다 가기 전 봄나들이 가세

갈산공원 길섶

갈산 공원 길섶에 하늘을
가리고 활짝 핀 벚꽃 봄바람에
하늘하늘 손짓하고 활짝 웃으며
오가는 길손 발길 머물러
쉬어 가라 하네.

꽃 숲에 앉아 한강을 바라보니
강물에 노닐던 철새 떠나가고
숲속에 새들 노래하니
청정지역 맑은 바람 물 위에
노니는 송사리 떼가
청수 한잔 음미하고
시 한 수 읊고 가라 하네.

미지 산 깊은 골을 흐르는 옥수
모이고 모여 남한강물 따라
두물머리 북한강물 합수하여
서울로 향하는 한강 수는
만인의 식수로다.

갈산(葛山) 공원

먼동이 트며 백운봉
너머 솟아오는 태양 아래
갈산 공원 안고 흐르는
남한강 맑은 물안개
구름을 연상케 하며
인생의 하루를 시작한다.

강 건너 고요한 백정산
숲속 잠자던 산새들 눈 비비며
맑은 물에 세수하고
남한강물 잘 가라고 아침 노래로
환영하니 강물도 잘 있으라고
인사하고 강 연변 버들가지
손 흔들며 작별 인사하네.

북한강물 두물머리 달려와
남한강 물 만나 합수하여
즐거운 듯 손잡고 흘러가니
바라보던 봄바람 춤추며
잘 가라고 배웅하니
만물이 생동하며 즐거워
춤을 추는 살기 좋은 청정지역

비 온 뒤 맑은 하늘

안개구름 흐린 날
비 오고 바람 부니
천지가 암흑이고
수라장이 되었네

비구름 지나가고
청명한 햇빛에
온 세상 밝은 빛이
평온이 올 줄 알았더니
코로나19에 변이 바이러스와 홍수가
지구를 휩쓴다고 하네

예언가의 말은
삼사월에 많은 재난이
올 것이라고 하니
참으로 안타까운 일이로다
성경 말씀대로 종말이 온다고 하더니
지구 추가 기운다고 하니
종말인 것 같다.

북한산 실개천

실개천 흐르는
북한산 자락에
옹기종기 촌락 이루고
오가는 사람마다
인정 넘치네

마을 중심 사이로
북한산 흐르는 계곡 연변
산책로 따라 암석 위로
은반을 깔아 놓은 듯
실개천 흐르고 오가는
등산객 웃음꽃 활짝 핀
웃는 얼굴 정이 넘쳐흐르네

산책길 따라 오르니 언덕배기
아담한 찻집의 차 한 잔 놓고
들려오는 실개천 흐르는
물소리가 마음을 사로잡으며
복잡한 세상 마음 비우고
바람과 물 같이 살라 하네.

봄은 와도 청춘은 안 오네

갔던 봄은 다시 왔건만
옛 청춘 다시 올 줄 모르네
청춘도 봄과 같이 가고 오면 좋으련만
가면은 다시 올 줄 모르네

청춘은 가던 길을 잊었는지
봄 따라오다가 허기지고 지쳐 못 오는가
하루 이틀 기다리다
검던 머리 봄볕에 바래 파 뿌리가 되어도
기다리는 청춘은 오지 않네

지나간 청춘 애타게 기다리다
이 봄도 떠나간 청춘 따라가면
영영 오지 못하는 세상
이것이 인생행로인가 하노라.

돌아가는 사계절

봄은 만물을 소생시키고
꽃도 피우며 청춘을 노래하고
만물이 춤을 추고 생동력을 형성하니
계곡물 흐르는 메아리 소리에
새들 지저귀고 봄은 즐거운 듯
싱글벙글 웃어주니 앙상하던
나뭇가지 파릇파릇 입이 돋아나네

바라보던 여름이 찾아와
만물을 성장시키며
즐거워하고 태양도 웃어가며
만물을 어루만지니 지나가던
바람도 먼 산 아지랑이 오라고
손짓하니 바라보던 뻐꾹새
우는소리 여름은 지나가네

오곡이 익어가며 서늘한
가을바람의 풀잎에 송골송골
맺은 이슬아침 바람의
또르르 굴러 땅을 내려오니
아침저녁으로 부는 바람이
옷깃을 여미게 하고
농부들의 추수 동절이 시작되며
또한 해가 저물어 간다

돌다가 가는 인생 (노래)

맑은 하늘 뜬구름이 바람에 실려 밀려가듯
초근목피 연명하던 박복한 그 세월 흘러가고
인생도 뜬구름같이 세월이 밀어 물 같이 흘러
험난하던 세상에 꿈같이 밀려나 여기 왔네!

한 많은 인생살이 구름 속에 달 가듯 가는 인생
홀로 가니 힘겨워 동행자 위로 하며 따라오네!
험난한 가시밭길 따라오며 백발이 된 당신이
고마워요 고마워 남은 인생 행복 찾아가련다
세월이 허락하는 그날까지 즐기며 살다가 가세.

대망의 꽃 떨어지네

화려하게 피어
영생 불망할 줄 알고
아름답게 대망을 품고
달리다 보니 세월을 못 이겨
하나둘 떠나가네!

모진 세월은 동풍에 한설을
기다리니 남은 낙엽 백설을
못 이겨 떨어진 낙엽 품에
안고 잠자던 꽃 봄이 오면
어두운 세상 다시 밝히는
대망이 찾아오리다!

이것이 가고 오는 자연의 현상이니
우리 모두 낙심하지 말고
어려움을 극복하여
대망의 그날을 기다립시다

꿈같은 인생

꿈을 안고 살아가는 인생
세월 따라오다 보니
꿈속에서 허공을 나는
부질없는 인생이라

세월은 돌고 돌아
어김없이 제자리 찾아오는데
완성되지 못한 인간인지라
모든 것이 부질없는 일이다

화풍난양에 싹은 돋아
꽃은 피웠으나 결실을
얻지 못하고 꿈속에서
허공을 헤매다 완성된
꿈을 이루지 못하고
이승을 하직하는 것이
인생 열전(熱戰) 행로라네.

관리 잘못으로

일본의 침략과 육이오 사변으로
초근목피로 고생하며
새마을 사업과 절미운동으로
모아놓은 식량 관리 잘못하여
썩어 냄새가 나니 쉬파리 모여들어
구더기만 왕성 거리며 혼란을
일으키며 냄새만 풍기더니 이제야
날개 달고 먼저 날려고 혼비백산
다 날아가면 고요한 평화가 오리라

여보시오, 벗님네들 이내 말 좀 들어보소
한번 왔다 가는 인생
많이 살아야 백 년 인생
무얼 그리 설치시오, 이왕에 왔다 가는 거
서로 돕고 살면 좋을걸!

배려와 양보하며 부족한 것은
서로 채워주고 보듬어 주며
살면 될 것을 아귀다툼하며
눈총 받으며 살면 몇백 년 더 사는가
서로가 양보와 배려로 협심하여
후손에게 손가락질받지 않고
대접받은 어른이 되어 봅시다

고향길

부모님 품에 안겨
살아온 두메산골
유년 시절 자라던 그곳이
떠나온 지 7십 년이 되어도
명절이 돌아오면 그리워지는
태고의 그곳이 생각이 난다

옛말에 여우도 죽을 때
자기가 태어난 곳으로
머리를 두고 죽는다 하고
물속에 사는 연어도
태어났던 곳에 가서
알을 낳고 죽듯이

인간도 고향 떠나
수십 년이 되어도
생각이나 찾아가 보면
어린 시절 친구가
없어도 생각이 나
찾아가고 그리워하는
그곳이 고향이라네

겨울 가고 봄이 오네

겨울이 가니 꽃 피는 봄이 오고
산천초목이 화려하니 생동력이
감도는 메아리 소리에 잠자던
계곡물 기지개 소리에 봄바람
춤을 추네

산비탈 양지쪽 오솔길 옆
옥색 치마 노란 저고리 입고
오가는 길손 바라보며
가을에 떠나간 임 오시길 기다리네

백발 되어 떠나간 옛 임
가실 때도 매정하게 가시더니
기다려도 소식도 없고 아니 오시네
아마도 임 계신 곳에 아직
봄소식이 없나 보다
기다리는 내 마음 아시려나?
봄이여 이 마음 임에게 전하소서.

갈수록 태산이라

춘풍에 만물이 소생하고
고운 말 한마디에
얼었던 마음 녹아내린다

만물이 소생하는 봄은 가고
가정의 달 오월같이
코로나19도 물러가고
잠자는 경제 다시 소생하여
활짝 핀 장미처럼 찡그린 얼굴
웃음꽃이 활짝 피어나면 좋으련만

갈수록 태산이라 서민의 가슴에
멍든 세상 언제나 풀리려나?
골목에 상가마다 폐업이 되고
텅 빈 골목 유령의 도시가
언제 다시 인산인해 이루어
만민이 웃음 짓는 거리 되어
만사형통 이루려나?

탐욕을 버리고 마음을 비워라

인간은 서로 도와가며 살아야지
독불장군은 없다
과한 욕심은 화를 부르고
마음을 비우면 희망이 솟아난다

나를 먼저 돌아보아라
내 주변에 무엇이 보이는지
내가 먼저 배려하면 덕이 오고
과욕을 하면 패가망신하느니

이것이 인생 삶의 지표이니
나보다 남을 먼저 생각하는
진실한 마음으로 서로 웃으며
마음적으로 도와가며 살아갑시다
남을 적대시하며 이기주의로 살다 보니
현 사회는 이기주의로
난무하여 퇴폐하고 있다

청계산과 백운호수

청계산이 품에 안은
백운호수 둘레길
지주 세워 다리 놓고
오가는 등산로
인산인해 이루었네.

백운호수 둘레길 걷노라면
단풍잎 삭풍에 춤을 추고
호수에는 은빛 물결 일렁이며
바라보는 행인들 웃음 짓는 얼굴
오가는 사람마다 행복이 넘치네.

삭풍이 문을 여는 입동의
넘어가는 석양이 붉게 노을 지며
찬바람은 옷깃을 여미게 하고
낙엽도 바람에 나부끼며
청계산 연변에 어둠이 찾아들며
경자년도 저물어 간다.

지식과 지혜

지식이 많으면
세상에 잘난 사람이 많고
지혜가 많으면
연구와 노력으로
앞날의 희망을 개척한다.

다양한 지식을 가지고 좋은 것을
생각하지 못하고 남을 이용하여
자기만 생각하는 한탕주의
내로남불 이기주의가 확산한다.

지식이란 글로써 전수하는 것이고
지혜는 좋은 것을 발명하여
글로써 남에게 전하는 것이니
지식과 지혜를 몸에다 익히어
지금보다 나은 세상 이루어 가세

인간사 덧없어라

봄바람에 무정세월 따라 청춘도 가고
허무하게 지난 추억 아련히 생각나
지나온 발자취 더듬어 찾아보니
배고파서 초근목피로 연명하던 보릿고개
그 세월이 가난하였지만 서로 도우며
인정이 넘치는 진정한 인생살이가
걸어온 발자취에 담겨 아련히 떠오르네

봄바람에 꽃 피고 파릇파릇 풀잎도
돋아나는데 무정하게 세월 따라 지나간
청춘은 어데 가고 돌아올 줄 모르고
석양에 걸쳐 있는 황혼빛만 반짝거리네
아마도 인생행로는 지나가면 다시 오지 않네

여보시오, 번민 내들 아등바등하여 가며
모은 재산 다 내려놓고 마음 맞는 친구와
가고 싶은 곳 구경하며 즐겁게 살아갑시다
인생은 이 세상 잠시 왔다 가는 것이라네.

우주가 분노한다

우주가 힘에 겨워
썩은 것을 추려내려고
하는 사이에 살아가는
자연을 파괴하며 인간의
존엄성에 몰두하다 보니 마음의
병이 드는 세상이다

마음을 비우고 바보가 되어
아는 것도 모른 체
눈에 거슬린 일도 못 본 체
살아야 마음에 병도 없고
일신이 편안하다
이것이 인생 사는 비법이다

식욕을 탐하지 말고
모든 욕심을 버리고 소식하며
과식하지 말고 자주 먹고
매일 같이 운동을 많이 하며
뜨거운 물로 목욕을 자주 하면
여러 가지 병을 방지할 수 있고
양파껍질 삶은 물을 매일 꾸준히
마시면 피가 맑아지고 이것이
나의 팔십 평생 지켜온 일이다.

용두사민 되지 말자

세월은 어김없이 찾아와
꽃 피고 잎도 피우건만
인간은 계획을 세우면 목적을
달성하지 못하고 용두사미가
되는 일이 많다

계획은 거짓이고
마음은 콩밭에 있는 격이다
농부가 농사를 열심히 하여야
가을에 거두어들일 것이 많다
농사일은 생각하지 않고
마음은 한탕주의로 가니 모든
일이 제대로 되는 일이 있으랴

옛말에 우물을 파도 한 곳을 파라는
말과 같이 시작하면 끝을 봐야지
하다가 중단하면 안 한 것만 못하다
우리 모두 시작하면 마무리를
하는 습관을 지닙시다.

오색 단풍

추석 명절 보름달이 기우니
만산홍엽 색동옷 자랑에
짓궂은 삭풍이 옆구리
간질어 깔깔대며 춤을 추다
추(秋) 선풍(扇風)에 단풍잎 떨어지네

푸르던 들판 황금빛 벼 이삭
가득하니 참새들 모여들어
잔칫상 차려놓고 희희낙락
웃어대고 개천물 하는 말이
소슬바람 불어오면 백설이
날리니 즐겨 놀다 가라 하네.

기러기 날아가며 슬피 우는
울음소리 바라보던 실개천
너는 날기라도 하지만
나는 겨울이면 목이 말라
노래도 못 하는 이 애타는
마음을 그 누가 알아주랴

삭풍

삭풍은 천지를 몰아치고
찬 이슬 내리는 입동에
문틈으로 찬바람 스며들고
코로나19는 기승을 부리며
경제마저 마비되는 나라의
국민들 생계마저 만민이 울상이네

가는 곳마다 아우성치며
생계 한탄 한숨 소리
어이 하여 이리도 망할쏘냐?
보릿고개 넘어서 나라 경제
이루어 놓으니 배부른 줄 모르고
허둥대다 패가망신 당하네

떡 줄 놈은 생각도 안 하는데
김칫국 먼저 마시고 그놈한테
굽실대며 잘못을 저질러도
말 한마디 못 하는 어리석은
짓 그만하고 나라 경제 살리어
국민이 잘 살게 합시다.

탄생(誕生)

이 세상 구경 올 적에
주먹을 움켜쥐고
천하를 호령하며
세상에 와 용기와 열정으로
두려움 없이 살아가며
늘 청춘일 줄 알았는데
덧없는 세월에 끌려오다 보니
인생은 늘 청춘이 아니더라

만고강산 유람하며
고생을 낙으로 알고 살다 보니
정열이 불타던 혈기 왕성하던
청춘은 어데 가고 무정한 세월의
시달리어 정열도 식어가네

석양에 노을이 물들고
이내 몸 시들어 가니 머리에는
서리만 내리고 세월을 붙들고
애원한들 소용없는
허무한 인생인 것을 모르고
세월 따라가는 미련한 게
인생 열정이로다!

발전하는 사회

사방천 제4시집

2023년 12월 20일 초판 1쇄
2023년 12월 22일 발행
지 은 이 : 사방천
펴 낸 이 : 김락호
디자인 편집 : 이은희
기 획 : 시사랑음악사랑
연 락 처 : 1899-1341
홈페이지 주소 : www.poemmusic.net
E-Mail : poemarts@hanmail.net

정가 :12,000원
ISBN : 979-11-6284-506-6

저작권자와 맺은 특약에 따라 검인은 생략합니다.
잘못된 책은 교환해 드립니다.